ぼくのボールが君に届けば

伊集院 静

講談社

目次

装幀　長友啓典
装画　井筒啓之

ぼくのボールが
君に届けば

ぼくのボールが
君に届けば

「それで君は、わざわざこれを届けにきてくれたってわけだ」

若い警察官は春の陽差しがゆらぐポリスボックスの入口に立つ少年を見た。

少年はこくりとうなずき、大きな目をみひらいて警察官を見かえした。少女のように深く黒い眸《ひとみ》にじっと見つめられると、警察官は少し胸がどぎまぎした。

警察官は机の上に置いた少年の届け物を手に取り、今しがた少年の言った言葉を思いかえした。

『これを拾ったので届けにきました。こんな綺麗《きれい》な人形だから、なくした人は探していると思うんだ』

たしかに少年が言うように、その人形は美しい青色をしたガラスでできていた。だが左手が肩口からなくなっていたし、ピエロの帽子の先も取れていた。透きとおった空のようなガラス細工はどこか外国製のものかもしれないが、腕や帽子の一部をなくした人形を持ち主が捨てたと考えるほうが当り前に思えた。それでなくとも今は腕がちゃんとついている人形でさえ子供たちは平気で捨ててしまう時代である。

さてどうしたものか……、警察官はもう一度少年を見直した。

少年野球の帰りだろうか、真新しいユニホームの胸元で大切そうにグローブを両手で抱いた少年をガラス越しに拡散するプリズムが抱擁している。真剣なまなざしで何かを待っている。そのまなざしを見て、警察官はいい加減に対応していたかもしれない自分に気付いて、背筋を伸ばして訊《き》いた。

「それで、どこでこの人形を拾ったのかな?」

「グラウンドの草の中だよ」

「グラウンド?　あっ、そうだね。野球のグラウンドだよね。草むらの中で見つけたんだ」

「センターのずっとうしろの……、タンポポが咲いてるそばにあったんだ」

タンポポが咲いているとすると、ここから近いT川沿いのグラウンドになる。水路の入り込むあたりに野球のグラウンドが何面かあり、そこで野球少年たちの姿を何度か見たことがある。ボールが草むらまで飛んでいったのだろう。

「そうか、じゃこの人形はタンポポのそばで昼寝をしていたのかな」

少年がはじめて笑った。

その微笑は、郊外のこの新興住宅街につい先日吹いた春一番が連れてきた新しい季節をすべて集めたようにまぶしいものだった。

警察官は目をしばたたかせて、机の抽出《ひきだ》しから拾得物届け出のファイルを取り出した。

「じゃこの人形を君が届けてくれたことを忘れないように書いておこう。この人形の持ち主があらわれた時、すぐわかるようにね。君の名前を教えてくれるかい」

ウミノトオル。海に野原の野だよ。何歳かな？　七歳。お家《うち》はどこか言えるかい？　アサヒク、サクラツツミマチ……。聡明な少年だった。

「もし持ち主があらわれたら、君のことを話すからね。お礼を言いにいきたいだろうからね」

「お礼なんかいいんだ。じゃ、パパが待ってるから……」

少年はそう言って一目散に駆け出していった。警察官は立ち上がって少年のうしろ姿を追った。春の陽差しの中に跳《は》ねるように遠ざかる少年がまたまぶしく感じられた。

主任の善利《せり》博志《ひろし》が工場奥の中二階の見張台に立ち、海野《うみの》充《みつる》に右手を上げた。

ミツルは善利にむかって右手を上げてこたえ、ベルの音が響き渡るのを確認しコンベアのスイッチを切った。せわしないモーター音とともに揺れ動いていた工場全体が、キウッオオオ——という奇妙な音を上げて静止した。それぞれの機械が停止する時に反響し合って出すその音が、ミツルには『仕事が終ったぞ——』という声に聞こえる。

善利が腕時計を見ながらこちらに歩いてくる。勤続四十年のこの工場の何から何まで知りつくした職工である。

一時間十五分の延長だな、皆にそう伝えてくれ、休日にご苦労さんだったな、善利はそう言って油で汚れた手袋を外《はず》した。

「善《ぜん》さん、先週、届けは出していたんですが、今夜の講習会休ませてもらうんで……」

ミツルの言葉に善利の顔が少し不機嫌な表情になった。もうすぐ特殊工の上級資格試験がある。講習を休むことが試験に差し障るのを善利は気にしている。

「講習の内容は阿部くんに教えてもらうことになってますから。それに今夜の講習は……」

以前、受講したものだと言おうとしたミツルの言葉をさえぎるように善利が訊《き》いた。

「今夜、何があるんだ？」

ミツルは頭を掻《か》きながら照れ笑いをした。

「何だ？」

「実はサチコの母親が田舎から出てきてるんです。ちゃんと挨拶しておこうと思って……」

「そうだったのか、それをどうして言わなかった」

善利はミツルの再婚相手の須田サチコの母親が郷里の網走《あばしり》から出てくるのと聞いて不満そうな顔をした。

「すみません。先週はまだ結婚の踏ん切りがつかなかったもんですから。それに今夜はトオルが少年野球のチームに入って十日目なんすよ。あいつ十日たったら話を聞かせてくれるって約束してくれたんすよ」

「えっ、その話も聞いてないぞ。いつトオル君は野球チームに入ったんだよ」

「だから十日前ですよ。あれっ、それは話してなかったっけか？」

「聞いちゃいない。そんな大事なことを私が忘れるはずはない」

善利は耳と鼻の先が赤くなった。本気で怒り出す前兆だ。ミツルはコンベアの台から飛び降りて帽子を取り、そそくさと歩き出した善利の後を追い駆けた。

夜の七時にサチコが母親のサトエを連れて家にやってきた。家といっても会社の社宅である。古い建物ではあるが、以前、この街に工場があった大手自動車メーカーの社宅に使われていたものをミツルの会社が何戸かを買いとった一戸建だから見すぼらしい家屋ではなかった。

初めまして海野充です。遠い所をわざわざ……。長男のトオルです。イラッシャイ、トオルデス。トオルにも練習をさせてちゃんと挨拶したつもりだったが、サトエは軽く会釈《えしやく》をしたきりで突っ立ったままじろじろと家の中を見回していた。その様子を見てミツルはサチコの顔を覗《のぞ》いた。サチコは済まなそうにミツルを見た。

奥はどうなってるの？　サトエが訊いた。

「ちょっと母さん失礼でしょう」

サチコが言った。サトエがサチコを見返した。

「何が失礼よ。これから先、私の娘が住む家でしょうが。間取りくらいは知ってないと」

「かまわないっすよ。どうぞ見て下さい」

ミツルは奥の襖《ふすま》を開けた。そこにはトオルの蒲団《ふとん》が敷いてあった。壁には野球のユニホームが掛けてあり、右の奥に仏壇がある。仏壇には死んだミツルの両親と妻のカズコの写真が飾ってある。その写真をサトエは一瞥《いちべつ》し、敷かれた子供用の蒲団を見ていた。トオルがサトエに挨拶し風呂にいった。

「ここに息子さん一人で寝てるの？　あんたたちはどこに寝るの？」

「この部屋です」

「それって変じゃないの。子供はもっとちいさい部屋でいいんじゃない。そうよね、サチコ」

「ミツルさんは夜勤もあるし、夜、勉強もするからトイレや台所に近い方がいい……」

サチコが言い終らないうちにミツルが言った。

「そうじゃないんすよ。俺とトオルは平等なんです。俺、あいつを尊敬してるんです。尊敬って言うとオーバーだけど、同等の人間として暮らしてるんです」

「何、それ？」

サトエが怪訝《けげん》そうな顔をした。

「死んだ、トオルの母親と約束したんです。赤ん坊が無事に生まれたら子供の時から尊敬し合おうって」

サトエの顔色が変わった。不機嫌そうにミツルを睨《にら》んでいる。

「あっ、すみません。所帯を持とうと挨拶しなきゃいけない時にカズコ、いや前の女房の話なんかして。けど隠すもんじゃありませんしね。去年、七回忌が終って、俺は俺なりに吹っ切れたつもりです。サチコ、いや、サチコさんと二年もつき合って、トオルの面倒もみてもらって、感謝してます。二人で話し合って、そろそろ一緒になってもいい時期じゃないかと思ったんです。それで来ていただいて、ありのままを見てもらおうと……」

「そう、じゃ私も言わせてもらうと、私の前で亡くなった奥さんの話は金輪際しないでくれるかしら。できればサチコの前でもね。あんたは女の気持ちってものがわかってないわ」

「母さん、私はかまわないんだって」

サチコが済まなそうにミツルを見た。

「わかりました。今夜からそうします」

ミツルは言って、唇を真一文字に結んだ。

サトエとサチコをアパートに送った。今夜は二人でアパートで休む。車の停めてある表通りまで送ってきたサチコはミツルに言った。

「ごめんなさいね。母さん、ずけずけと言う人だから」

「平気、平気。気にしてないよ。むしろああ言われてすっきりしたよ」

「母さん、女手ひとつで私と弟を育てたからどうしても他人を信用できないのよね」

「わかるよ。けど驚いたな。私も亭主に逃げられて、この娘も逃げられたから、あんたまで逃げないでくれって言われた時はびっくりしたよ。正直なんだな、お母さんは」

「違うのよ。怖いのよ」

「怖い？」

「そう、不幸になるのが怖くてしようがない人なのよ。だから他人を信用しないの。可哀相な人なの」

「そうか……。怖いか。たしかにそうかもしれないね、自分が不幸に思える時って、ひどく臆病になるものな」

「ミツルさんにそんな時、あったの？　あっ、そうだね、ごめん」

ミツルは立ち止まってサチコを見た。

「いやカズコが死んだ時のことじゃないよ。トオルが三歳の時、原因不明の高熱を出してさ。覚悟してくれって医者に言われたんだ。その時、何を覚悟すりゃいいんだ、と思った。ひょっとして不幸になるってことかってね。そうしたら怖くなって、病院の廊下で身体が震え出したんだ……。俺は独りぼっちになっちまうんだなって」

ミツルはそう言って、サチコがうつむいているのに気付いた。

「ごめん、ごめん。変なこと話しちゃったな。あれ、まだ、あの病棟の窓、灯《あか》り点《つ》いてんな。ここのところずっとだぞ。大変なのかな」

ミツルはこの界隈《かいわい》で、そこだけが高い建物になっているT総合病院の病室を指さして言った。

サトエが北海道に帰って行った翌週、あのポリスボックスに一人の少女がやってきた。日番だった若い警察官は青いワンピースを着た少女を見て、何でしょうか、と訊いた。

少女はうかぬ表情をして言った。

「落し物を探しているんですが、届けた人はいませんか?」

「落し物ですか。物は何でしょうか」

「人形です。これっくらいの、青いガラスの人形なんです」

少女の白く細い指先がしめす人形の大きさを見て、警察官は、それはひょっとしてピエロの人形ですか、と訊きかえした。少女が目をみひらいた。その表情を見ても、まだ半信半疑だった警察官は奥の棚から、あの人形が仕舞ってあるビニール袋を取り出し、それをゆっくりと少女の前に差し出した。

あっ、その人形です、と少女が声を上げ、目をかがやかせて人形にふれているのを見て、警察官は胸の中で呟《つぶや》いた。

——こんなことがあるんだ……。

人形に頬ずりをしている少女の眸に、あのユニホームを着た少年の黒い大きな眸が重なった。

嘘みたいだな……、警察官は拾得物として本署へ持っていけば笑われると思っていた人形の持ち主があらわれたことに少し胸がときめいた。彼は机の抽出しの底に放《ほお》って置いた少年の記録を取り出し、それを読み直した。ウミノトオル、七歳。アサヒク、サクラツツミ……。

「ありがとう、お巡りさん。この人形、お巡りさんが見つけてくれたんですか?」

「いや、違うよ。それを拾ってきてくれたのは……」

そこまで言いかけて、警察官は少年の言葉を思い出した。

『お礼なんかいいんだ』

「……親切な人が見つけて届けてくれたんだよ。良かったね。僕からも、その子、いや、その人に逢ったら持ち主があらわれて喜んでいたことを報《しら》せるよ」

「お巡りさん、私、その人にお礼が言いたいんです。どこの何という人ですか?」

「いや、それが、相手の人がお礼はいいとおっしゃってるんだ」

「それでは私の気持ちが済みません。この人形は、私と弟の大切なものでずっと探していたんです。どうかお願いですから、お礼を言いにいかせて下さい」

「うーん、困ったな……」

警察官は頭を掻きながら少女の顔を覗いた。少女の大きな目から涙が零《こぼ》れそうになっていた……。

トオルと善利が家の前の空地でキャッチボールをしている声を聞きながら、サチコは縁側で蕗《ふき》の表皮を剝いでいる。ミツルは家の奥で資格試験の勉強をしている。家の中からはミツルの好きなサザンオールスターズの楽曲が聞こえてくる。サチコの好きな曲だ。サチコもその歌詞を口ずさむ。

三年前の夏、街の北を流れるT川の河畔で催された野外コンサートでサチコはミツルに逢った。コンサートの途中から雨が降り出し、雨具の準備をしていなかったサチコはアンコール前に会場を出た。バス停までは距離があった。歩いているうちにどしゃ降りになった。駆け出そうとした時、背後から傘を差し出された。

使いな。子供を連れた若い男が立っていた。子供が男の足元にすがりついているのを見て、その傘を子供が差していたとわかった。いいですよ、走ればバス停まではすぐですから。ここのバス停には屋根はないぞ。でもその傘、お子さんのものでしょう。いいんだ。俺たちはこうして抱き合って帰るから、と言って、男は子供を胸に抱きかかえた。子供はカエルみたいに男の胸につかまりサチコを振りむき笑って言った。イイカラツカッテ、コノホウガ、ラクチンダモノ。バス停まで借りますと歩き出したが、着いてみると停留所には行列ができていた。家はどこなの？　男が訊いた。住所を言うと、車が先の駐車場にあるから、近くだし送っていこうと言われた。アパートの近くに着くと傘を持っていくように言われた。礼を言いたいので名前を尋ねたが、そんなことはいい、と笑われた。窓から顔を覗かせて手を振る少年の笑顔が忘れられなかった。

再会したのは秋の終りの草野球大会だった。サチコの勤める印刷会社と機械部品工場のチームが決勝戦で対戦した。相手の応援席に大声で声援を送る男がいた。そばに座った少年を見て、その男が傘をくれた人だとわかった。試合はサチコのチームが逆転で勝った。試合後の両チームの挨拶の後、飛び上がって喜んでいる選手とうな垂れてベンチに戻る相手のチーム。肩を落した選手たちに男が拍手をしながら大声で言った。

「ドンマイ、ドンマイ。よくやったぞ。春があるぞ。春には勝てるぞ」

かたわらの少年が同じ言葉をかけていた。

――イイナ……。

サチコは、その瞬間にミツルに惚《ほ》れた。恋愛感情が起ったのは、逃げ出した夫に出逢って以来、十年振りのような気がした。いや、あのぐうたらな男に対して惚れたという感情はなかったかもしれなかった。初めての感情に思えた。サチコはスタンドから立ち上がりベンチの後方で後片付けをしている相手チームの応援団のところに行った。自分でも大胆だったと思う。

「先日は傘をありがとう。今日は残念でしたね。私、須田サチコと言います。あなたたちお二人がとても好きです」

いきなりの告白にミツルもトオルもきょとんとした顔をしていたが、トオルが大声で、ボクモスキデス、と笑った。その声に連られてミツルも笑い出した。まさか父子だけの二人暮らしだとは思わなかった。サチコは、彼等の事情を自分の運命だと勝手に思うことにして、家に押しかけた。

ミツルが自分のことを好いてくれているのはわかったが、カズコの七回忌が終るまでミツルはサチコの手も握ろうとしなかった。七回忌が終ってほどなく、ミツルはサチコを一泊二日の温泉旅行に誘った。トオルも一緒だった。その夜半、ミツルがサチコの部屋にやってきた。サチコは初めてミツルに抱かれた。交情の最中、サチコの乳房に何かが零れ落ちた。汗だろうか、と思ったが、それがミツルの涙とわかった時、サチコはこの男を自分は死ぬまで守ろうと思った。

涙はミツルの女々《めめ》しさではなかった。ミツルは意志が人一倍強く、忍耐力がある男だった。サチコはミツルを見ていて、男は外には出さない強靭《きょうじん》なものを持っているのだとわかった。ミツルと過ごすようになって自分を飾らなくても済むようになり、それまで持病のように起っていた偏頭痛や肩凝りが失せた。片意地張っていたものが必要でなくなったのだろう。そのかわりに、それまで気付かなかった季節の移ろいに目がむき、空の青さや澄んだ空気にふれる時を喜ぶようになった。

おーい、トオル君、もっと腕を上げて、そうだよ。ほれっ、あの夕焼け雲にむかって投げるつもりだよ。そうだ。そうすれば雲にだって届くぞ、善さんの声がする。どうしてあんなに男の人は野球が好きなんだろうか……。

あれは去年の暮れだった。サチコはどうしてもミツルの或る場所に入り込めなかった。それはトオルにも同じことが言えた。それが彼等二人の中でまだ生きているカズコさんが居る場所なのかどうか、サチコにはわからなかった。なにげない会話の中で二人がママと呼ぶのはカズコのことだった。それでも二人はサチコに気遣ってカズコさんの話はなるたけしない。

「いいのよ、私にそんなに気を遣わなくて。カズコさんはカズコさん。私は私。カズコさんはあなたたちの大切な人なんだから。私、平気だから」

そう言いながらサチコは、三人で祝ったクリスマスのテーブルで泣き出していた。

そんな時、善さんがサチコを居酒屋に誘ってくれた。十数年前に奥さんを亡くし、娘さん二人も嫁いだ善さんは気ままな独り暮らしだった。善さんの楽しみはトオルだった。

「サッちゃん。気張らなくていいんだ。皆誰もが迷って生きてるんだから」

「迷ってるって？」

「私だってそうだ。この生き方でいいんだろうかって今も思ってるもの。ましてやミツルとトオル君とサッちゃんは私より若いんだもの、迷って当然だろうよ。どうしていいかわかんない時もあるさ。でも肝心なことは三人がいっしょに生きようとしてることだよ。それでいいんだ。そんなに簡単に人は手を繋《つな》いだり、笑い合えるもんじゃない。泣くなんてことができたら、そりゃもう本当の家族さ」

善さんの話を聞いていてサチコはまた涙が零れてきた。

「けどね。どんなにくっついていても人と人にはできないことはあるんだ」

サチコは顔を上げて揺れる善さんの顔を見つめた。

「何ができないの？」

「哀しみは分かち合えないってことだ。哀しみだけは一人でかかえて、耐えなきゃしようがないんだよ」

善さんの言葉の意味がわかったのは、失踪《しっそう》していた夫が釧路《くしろ》の湿原で腐乱死体となって発見された時だった。戸籍上はすでに離婚が成立していたが、サチコは夫の実家のある斜《しゃ》里《り》町での葬儀に出席した。サチコに申し訳なさそうに礼を言う夫の両親に頼んで夫の遺骨を分骨して貰った。数片の骨をちいさなガラス瓶に仕舞い、夫と出逢った釧網本線に乗った。重みすら感じないポケットの瓶に指先でふれると、忘れ去ったと思っていた夫の笑顔がよみがえった。不器用な人だったのだ、と思った。その不器用さに安堵《あんど》があったのかもしれない。『春を待たずにすむ土地で暮らそうな。雪のない暖かい街に連れていくよ』夢のようなことばかりを口にしていた。そう言えば夫も野球が好きだった。出逢った頃は純粋な人なのだと思っていたが、おそろしく狡猾《こうかつ》な性格が見えた。電車が釧路を過ぎて吹雪《ふぶき》の海が車窓に映った時、唐突に涙があふれた。

『暖かい街に連れていくよ』叶《かな》わなかったにしても嘘ではなかったのだろう。それでも帰った場所は山ひとつ越えれば故郷のある場所だった。サチコだけが知っていた男の哀しみが、今頃になってわかった気がした。この感情は自分以外の誰にもわからないと思った。

トオルと善さんがキャッチボールを終えた後、夜は四人の夕餉《ゆうげ》になった。

ミツルと善さんはトオルの少年野球の話を聞いている。

大きな声を出さなきゃ、だめなんだよ。カットバセー、ナイスピッチン。トオルが大声で言う。ほうっ、監督さんがそう言ったか。善さんが嬉しそうにうなずく。声が大きくないといい選手になれないんだよ。そうか、そうか。昨日の試合は四番バッターがホームランを打ったんだ。ボールがフェンスを越えて病院の池のそばまで飛んだんだ。ほうっ、それはすごいな。善さんは三年前まで会社の野球チームの監督をしていた。ミツルが入社した時、野球部にすぐに入部させたが、ミツルの運動神経のなさに驚いたらしい。野球狂のミツル本人は野球がからきしだめなのを知ったのはつき合うようになってからだった。サチコが放《ほう》ったボールをちゃんと捕ることができないミツルを見てサチコも驚いた。なのにミツルは何より野球が好きなのだ。まだ七歳のトオルを少年野球のチームに入れてもらえるようにミツルは何度も監督の下に通った。許可が出た時、トオル以上にミツルが喜んだ。明日からグラウンドに行く前夜、ユニホームを着たトオルを見てミツルは嬉しそうに何度もうなずいていた……。

トオルが寝た後、ミツルと善さんは焼酎を飲みはじめた。

「善さん、トオル君は名選手になれそうですか？」

サチコが蕗の煮物を盛った皿を出しながら訊いた。

善さんは蕗をひとつ口に入れて、美味《うま》い、と唸《うな》ってサチコの顔をじっと見た。

「何ですか、何か顔についてます？」

「いや、綺麗になったね」

「いやだ。どうしたんですか」

サチコが頬を赤らめてミツルを見た。ミツルも笑ってうなずいている。

「どうもしないよ。サッちゃんが綺麗になったのは本当だよ。男も女も何かにむかって懸命に生きてる時はかがやくもんだよ。トオル君の顔が変わったのがわかるかい？」

「トオル君の顔が」

「そうだよ。チームに入る前と今ではトオル君の顔は違ってる。私に言わせると男らしい目になってる。さっきサッちゃんはトオル君が名選手になれるかどうか訊いただろう。野球をする目的は名選手になることなんかじゃないんだ。野球の、あのボールには皆の、ここが込められてるんだ」

そう言って善さんは油が染み付いた指先で胸をさししめした。

「そうだよな、ミツル」

「うん、そうです。青空に舞い上がったボールには俺の夢も込められてるし」

「……………」

サチコは笑い合っている二人の顔を交互に見た。

「名選手になったり、プロ野球選手になることが目的で野球をしなくていいんだよ。勝つことだけが目的なら野球なんてつまらないものだ。一生懸命にボールにむかっていくことが誰かのためになってるのが素晴らしいんだ。トオル君もやがてそれがわかる時がくる。皆が見ているボールには、皆のここが一緒に飛んだり弾んだりしてるんだ。ユニホームを着てグラウンドに立つのは、それを身体でおぼえることなんだ」

サチコには善さんの話す言葉のすべては理解できなかったが、男たちが野球に夢中になる理由が、彼女が考えていた野球とは別のところにあるような気持ちがしてきた。

「そう言えば今日、トオル君が新しいボールをひとつ買って欲しいって言ってきたんだけど……」

「ニューボールを？　ボールはひとつ持ってるし、練習に出ればたくさんあるはずだ。だめだぞ、贅沢《ぜいたく》をさせたらトオルのためにならない」

「そうそう私なんぞはグローブを買ってもらえなかった。その間は素手でしていた。それで結果的に捕球が上手《うま》くなったんだけどね」

善さんが引き揚げ、二人は風呂に入り、床についた。灯りを消すとT川から吹いてくる川風の音が急に大きくなった。

「トオル君はずっと野球をやるのかな？」

天井を見つめてサチコが言った。

「やるよ。リトルリーグは最後までやるというのが俺との約束だ」

「もし途中で挫折《ざせつ》したら？」

「その時は二人で話し合う。変な理由なら続けさせる」

「厳しいのね。あなたの考えをトオル君に押しつけてるってことはないの」

「あるかもしれない。でもサッカーにもバレーボールにも、音楽会にも連れていった。あいつが一番、目をかがやかせて見ていたのが野球だった。俺は、その時のトオルの目を信じている。子供だからわかる野球の素晴らしさがあるんだ」

「いいな、夢中になれるものがあるって」

「おまえにはないのか？」

そう言われてサチコはゆっくりとミツルのそばに身体を寄せた。ミツルの太い腕がサチコの背中に回り、上半身を抱き寄せた。

「青空にさ、ボールが舞い上がった時、皆がそれを見上げてるんだ。プレーをしてる選手は勿論《もちろん》だけど、ゲームを見ている人たちも皆だ。ホームランになるのか、ただのフライか、そんなことはどうでもいいんだ。皆がひとつのものを見てるってことが、俺は好きなんだ」

「……わかる気がする。私たち三人も同じだもの」

サチコが言うと、背中に回したミツルの指に力がこもった。

翌週、ミツルが夜勤に入ると、トオルは夕食の時間ぎりぎりまで空地でバットを振るようになっていた。

サチコが呼びにいかないとトオルは家に入ろうとしなかった。こんなことはこれまでになかった。

「トオル君だめだよ。パパが居ないからっていつまでも野球ばかりしていては……」

「善さんは今日もこれないのかな」

「今は皆忙しいのよ。我儘《わがまま》を言ってはだめ」

「けど昨日か今日きてくれるって約束をしたもの」

「だからパパと一緒で忙しいの。どうしてここんとこトオル君は聞きわけが悪いのかな？　さあ手を洗ってきて」

不満顔のトオルが洗面所にむかおうとした時、表の方で人の声がした。善さんだった。トオルが廊下を走って玄関に飛び出した。やあ、ごめん、ごめん。遅くなって……。サチコは玄関にいき、表へ出ようとするトオルを叱りつけた。トオルは目を伏せて洗面所に戻った。サチコは善さんに事情を話した。善さんは少し考えるような表情をしてから、夕食をご馳走になって帰ろうと言った。

トオルは急いで夕食を食べはじめた。もう少しゆっくり食べるようにサチコが言っても聞こえてないふうだった。善さんはそんなトオルの様子をじっと見ていた。

「さあ善さん、練習をしようよ」

善さんはサチコに目配せをしてトオルを連れて空地に行った。サチコは食事の片付けをしに台所へ行った。台所の窓から吹き込む夜風が冷たいのに気付きトオルのセーターを手に空地にむかった。近づこうとすると二人の話し声が聞こえた。

ほうっ、友達と約束をしたのかね？　うん。きっとホームランを打つって約束したんだよ。それは大変だ。約束はホームランじゃなくちゃいけないのかい？　友達の部屋まではホームランじゃないと届かないよ。でもその友達がゲームを見てくれているんだったらホームランじゃなくったって、ヒットだって喜ぶんじゃないか。う、うん。そうだね。じゃバットを握ってごらん。もう少し力を抜いて構えてごらん。そうだ。でもバットはしっかり握ってなくちゃだめだぞ。そら投げるぞ。それじゃだめだ。もっとボールをよく見て打つんだ。さあ、もう一度投げるぞ。打球音がして、善さんの、そうだ、今の打ち方だよ、と声が続いた。それから何度も打球音がした。やがて、今夜はもうこれくらいにしよう、と善さんが言った。

「ねぇ、善さん、ぼく、ホームランは打てるのかな？」

「友達と約束したんだろう。ならその子のために打たなきゃ。ボールをしっかり見るんだ。そうしたらホームランじゃなくてもいい打球が打てる。その子のために頑張るんだ」

「うん、がんばるよ」

サチコは夜明け方、家に戻ってきたミツルに明日年少組のゲームがあることを善さんに教えてもらったと話した。

「へえー、あいつが試合に出るのか。見てみたいな」

「トオル君が見にきて欲しいって言うまでグラウンドには行かない約束でしょう」

「そうだけど遠くからでもこっそり見てみたいな」

「男同士の約束でしょう」

「そうだな、約束だからな」

サチコは空地で聞いた二人の会話をミツルに話した。

「へえー、友達か。そう言えば友達がいなかったな。初めての友達じゃないか。友達と約束したのか……、どんな子なんだろう?」

翌夕、トオルは肩を落して帰ってきた。

オヤツのパンケーキが食卓の上に置いてあると言っても生返事《なまへんじ》をするだけだった。

「さあ早くユニホームを脱いで着換えてきなさい」

「ねえ、善さんの家にいってきていい」

「だめ。今日打てなかったからでしょう。善さんにまた教えてもらうの？　善さんが居れば打てるんじゃないのよ。トオル君が自分で打つんだから。じゃ今日私が一緒に練習してあげる」

「えっ、サッちゃんが」

「そうよ。こう見えてもソフトボール大会でホームランを打ったこともあるんだから。そのかわり今夜は駅前でハンバーガーだよ」

「うん、その方が好きだもの」

二人は空地に行き練習をはじめた。思ったより不器用な子だった。トオルはミツルの運動音痴の血を引いたのか、サチコの目から見ても運動神経が鈍いように思えた。それでも何度も続けてサチコがボールを投げてやると打球は少しずつバットの芯《しん》に当たるようになった。そう、その感じだよ、トオル君、いいぞ。日が暮れるまで二人は練習を続けた。

駅前のハンバーガーショップに二人して車で出かけた。河原の堤で花見をしながら食べることにした。堤に座ると川風が心地良かった。対岸に咲く桜の花に照明が当たり、絹の衣が揺れているようだった。

「ねぇ、どうしてそんなにホームランが打ちたいの？」

「…………」

トオルは何も答えなかった。善さんには話せても自分には話してくれないことがサチコは少し淋しい気がした。トオルはハンバーガーを手に持ったまま対岸をじっと見ていた。

「ねぇ、秘密を守るって約束してくれる？」

「秘密？　うん、守るって約束するわ」

「実は三人で約束したんだ」

「三人って？」

「ソウ君と、ソウ君のおねえさん」

「友達なの？」

「うん。サッちゃんのお母さんが家に来た日にグラウンドの草の中で人形を見つけたんだよ。綺麗な青いガラスの人形で……」

トオルはこの二週間に起った奇妙な出逢いをすべて話してくれた。

その話を聞いてサチコは驚いた。人形を交番に届けたトオルの姿は目に浮かんだが、少女がその人形を探しに交番にあらわれ、少女がトオルに逢いにきて彼女の弟と知り合いになったことが偶然過ぎるように思えた。

「それで、その、ソウ君に逢いに病院までトオル君は行ったの？」

「そうだよ。ソウ君は今、外に出られないってソウ君のおねえさんが言ったから」

「ソウ君は病気なの？」

「うん、手術をするんだって。でも元気そうだったよ。ソウ君の部屋の窓からぼくらのグラウンド見えるんだ。ソウ君は野球が大好きなんだ。ぼく一度、練習の時、監督さんに内緒でグラウンドから手を振ったことがあるんだ」

「ソウ君も手を振ってたの」

「いや遠過ぎてわからなかった」

窓辺に立ってグラウンドを見つめる少年の姿が浮かんだ。

「……そうだったの。それでホームランを打つ約束をしたんだ」

トオルはこくりとうなずいて小首をかしげた。

「どうしたの？」

「ソウ君のおねえさんが約束は三人の秘密にしようって言ったんだ。それを話してしまったから……」

「大丈夫よ。私とトオル君の秘密にしておくから。ソウ君のおねえさんに逢ってもトオル君から話を聞いたなんて言わない」

「でも……」

トオルは少し後悔しているようだった。

「そのかわりトオル君がホームランを打っても私が一緒に練習したからよ、って言わない」

　トオルがサチコを見た。サチコは鼻に皺《しわ》を寄せるようにして笑い、小指を出した。その指にトオルが小指をかけた。指切りゲンマン、二人は囁《ささや》くように言って額をつけた。

　次の日も二人は空地で練習をした。

「明日は試合だね。頑張ってよ。今日の練習の感じだと打てると思うな」

「そうかな……」

「ソウ君のためでしょう。自信持たなきゃ」

「うん」

「そうだ。いいこと教えてあげよう」

「何？」

「晩ご飯が終った後でね」

　食事が終って二人は一緒に風呂に入った。トオルの身体を洗っていると差し出した両手の指の付け根が赤くなっていた。こんなになるほど懸命にバットを握っていたのかと思うとサチコはせつなくなった。身体を洗い終えて二人は湯舟に入った。背後からトオルの身体を抱くと水の中で抱いたせいだけではなく、その重みにやはり子供なのだと思った。その軽さが、友達のために懸命になっているトオルを余計にいとおしく思わせた。

「ソウ君の病気早く良くなるといいね」

「うん。ぼくがホームランを打てばきっとよくなるよ。そう思うんだ」

「そうね……。ねぇ、ソウ君の人形はどうしてグラウンドに落ちてたの？」

「それはね。ソウ君が看護婦さんと堤に散歩へいった日に、しばらく散歩ができないって言われたんだって。だからくやしくなって大切な人形を投げつけたんだよ」

「そうだったんだ」

――可哀相ね、外に出られないなんて……。

その言葉をサチコは胸の中に仕舞った。人形を堤の上から投げつける少年の姿が浮かんだ。少年の病気が軽いものではないことがサチコにはわかった。

風呂から上がると二人は縁側に出て、並んで蜜柑《みかん》を食べた。

「ねぇ、ホームランの打てるおまじない」

「あっ、そうだね」

サチコとトオルはサンダルを履《は》いて庭先に出た。サチコは夜空を見上げた。

あっ、あった。ねぇ、トオル君、ほらっ、あの星。見えるかな？　どれ？　ほら、あの青く光ってる大きな星。うん、見える。じゃおまじないを教えてあげる。こうして目を閉じてあの星に願い事を言って右手を差し出すの。こう？　そう。さあ目を閉じて願い事を言ってごらんなさい。トオルが口の中で何事かを話していた。ホームランのことをちゃんと言った？　トオルが目を閉じたままうなずいた。友達のことも？　うん。そうしたらじっとしててよ。しっかり目を閉じてて。サチコはそっと指先を伸ばし、トオルの掌《てのひら》を指で突くと、飛び跳ねるようにして後ずさった。トオルが驚いて目を開けた。

「どうした？」

「今、手の中に何か落ちたよ」

「でしょう。それはかみさまにトオル君の願い事が届いて、大丈夫って返事をしてくれたのよ」

「本当に？」

春が終ろうとしていた。

トオルはまだホームランを打てない。それでも先週、年少チームのゲームで生まれて初めて二塁打を打った。その話を聞くミツルも善さんも自分のことのように喜んでいた。

二塁打を打った日の夕暮れ、トオルはサチコに訊いた。

「ボクの二塁打をソウ君は見てくれてたかな？　お姉ちゃんもきてくれないし……」

真剣なまなざしでサチコを見るトオルに彼女は答えた。

「きっと見てくれてるわよ。ちゃんと届いてるわ」

サチコは姉弟のことをミツルには話さなかった。

その日はミツルのひさしぶりの休日だった。

夕暮れ、三人は河畔まで散歩に出かけた。グローブを手にした父と子がサチコの前を歩いていた。風の薫《かお》りに夏の気配がする。堤に出ると、ミツルとトオルがグラウンドに駆け下りて、キャッチボールをはじめた。サチコは堤の傾斜に座った。春先よりトオルの投げるボールは力強くなっている。それに比べるとミツルの投げ方は相変らずぎこちなかった。二人は懸命にボールを投げていた。

——不器用な方が上達がわかるのか……。

サチコはそんなことを思いながら、二人の姿を見ていた。父と子のむこうに何面かのグラウンドがひろがり、芝が青々と染まり出していた。グラウンドのむこうに病院の建物が見えた。サチコは目を細めて病室の窓を見たが、彼女の場所からは人影など確認できなかった。先月、サチコは病院に勤める友達にソウ君のことを聞こうと思ったが、たしかめるのをやめた。大切なことは青空に舞い上がったボールを、皆の思いの込もったボールを、見上げていることだと思った。

ミツルの投げたボールがサチコの居る方に飛んできた。何をしてるんだか、と思ってサチコがボールを拾おうと立ち上がった時、トオルの声がした。

「ママ、ボールを取ってよ」

サチコは思わずトオルを見た。トオルが笑ってボールの転がった方を指さしていた。サチコは斜面をゆっくりと下りると、ボールを拾いトオルにむかって投げようとした。数メートル先にいる息子の姿がぼんやりとにじんだ。

えくぼ

東京には各所に、男坂、女坂と名づけられた坂がある。

坂に、男、女と性をつけたのは、別に艶《つや》っぽい理由があるわけではない。大正十三年の夏に東京の区画整理が行なわれ、その折、同一区画、同一の場所にふたつの坂があった場合、勾配《こうばい》の急な方の坂を〝男坂〟、それに比べてゆるやかな坂を〝女坂〟としただけのことである。

この男、女の坂で名が知られているのは湯島天神の境内《けいだい》に登る〝天神男坂〟と〝天神女坂〟である。三十八段の坂を一気に登るようになっているのが男坂。対してゆるやかな勾配と中休みできる踊り場がある方を女、子供が好んで登ったので女坂となっている。その湯島天神から南にむかうと左方に神田明神《かんだみようじん》があり、ここにも〝明神男坂〟と〝明神女坂〟がある。さらに南へ行き聖橋《ひじりばし》を越えると神田駿河台《するがだい》に着く。この駿河台から猿楽町通りへ下ろうとする一角にも、ただ男坂、女坂と名があるだけのちいさな坂が、古くからある中学校と高校の校庭をはさむようにして並んでいる。

年の瀬もおし迫った十二月の或る午後、猿楽町通りを小川町方向から一人の女が足早に歩いていた。

ベージュのロングスカートに白いブラウス、ワインレッドのカーディガン、肩から黒いショールを羽織った姿がいかにも近所に出かけたふうで、彼女がこの界隈《かいわい》の住人だとわかる。右胸にピンクの包装紙に赤いリボンがかかった小箱を抱くようにして歩いていた。錦《きん》華《か》公園から通りが左にややカーブすると、水道橋の方から足元を攫《さら》う風が吹き寄せた。女はその風を避けるように通りを右に折れ、小径《こみち》に入った。いつもならこのあたりにはM大学附属中学校と高校の校庭から賑《にぎ》やかな子供たちの声が聞こえるはずだが、冬休みに入った今は拍子抜けするほど静かだった。やがて前方に〝女坂〟が見えた。女は坂道の前に立つと上方にちらりと目をやり、唇を真一文字に結んで登りはじめた。坂上から吹き下ろす風が女の白髪まじりの髪を揺らす。それでも彼女は休むことなく中休みの踊り場まで一気に登り、そこで大きくタメ息をついた。そうして彼女は踊り場の手摺りに身体を預け、師走《しわす》の東京の空をゆっくりと眺めた。風の強い分だけ、空は澄み渡っている。

「ねぇ、いい天気だわね……」

女は誰かに話しかけるように声を上げた。

「こういう青空をあなた、真澄《ますみ》の空って言うのかしら？　ねぇ、そうでしょう」

坂上から学生たちが数人笑いながら駆け下りてきて、女が独り言を言っているのに気付き、彼女の顔をじろじろと眺め、急に早足で階段を下りていった。そうして坂の下方から皆して女を仰ぎ見て一斉に笑い合った。

女は若者たちの行動には目もくれないで話を続けていた。

「ねぇ、こんな天気の日には皆してどこかへ出かけたいわね。ねぇ、そうでしょう」

返答する人はなく、風だけがすぐ背後に聳《そび》える欅《けやき》の枯れ枝を鳴らしていた。赤児《あかご》の泣き声に似た音色を耳にし、彼女はぷつりと話を止めた。そうしてうな垂れると静かに振りむき、残る十数段の階段を登りはじめた。その足取りには先刻の力強さは失せ、重い石でも引き上げるように一階段一階段ゆっくりと進んでいった。

坂上から左へ折れると、女は三軒先にあった五階建てのビルに入った。同時にエレベーターが開いて中から小犬を抱きかかえた女が出てきた。

「……こ、こんにちは」

相手があわてて挨拶した。

「斎藤さん、夜中に犬がうるさいわよ。あんまり吠《ほ》えるようなら出ていって貰いますからね」

「す、すみません。大家さん、今、この子、ちょっと盛《さか》りがついちゃって……」

「盛りがついてるのは犬だけなの」

その言葉に相手の顔色が変わった。相手の様子などおかまいなしに女はエレベーターに乗り込み最上階のボタンを押した。ドアが閉じてエレベーターが動き出すと、女は大きなタメ息をついた。

——どうしてこんなに底意地の悪い女になってしまったのかしら……。

別に、あの店子《たなこ》と、小犬が憎いわけではなかった。誰かと口をきけば知らぬ間に毒突いている自分がいる。言わずもがなを口にしている。それに気付いた時はすでに相手の顔色が変わり、女の言葉を聞いていた周囲の人たちまでが呆《あき》れ顔で見ている。その表情を見て、また毒突いてしまう。

夫の慎次郎《しんじろう》が生きていて、今の自分を見たらどれほど叱るだろうか。慎次郎だけではない。息子の陽一《よういち》も、孫の陽《あきら》も、こんな私を見たら、こんな母さんは、そんな祖母《おばあ》ちゃんは嫌いだと口もきいてくれなくなっていただろう。

「叱られても、嫌われてもいいから、皆帰ってきて欲しい」

女は子供が駄々をこねるように言った。

彼女の両目から大粒の涙があふれ出していた。エレベーターが開いた。最上階は女だけの住居だった。六十八歳の女が一人で暮らすには広すぎる住いだった。エントランスに立ちドアの鍵を差し込んだ。ドアの中央にぶら下がった木板の表札の文字が涙でかすんでいる。伊東吉乃《いとうよしの》という女の名前がカラフルな色彩で塗られている。八年前に近所にある文化学院の文化祭に行き、注文したものだ。

ドアを開けると室内は装飾品であふれていた。アンティークの洋家具、色とりどりの花瓶に差されたドライフラワーと原色のアートフラワー。壁には余白がないほど額がかかっている。色彩の賑やかさはそのまま奥のダイニングまで続き、テラスの観葉植物まで繋《つな》がっている。

女は足元をふらつかせながら、テラスのそばのソファーに腰を下ろすと、テーブルの上にあった木箱から抗鬱《こううつ》剤を出し、震える手でグラスに水を注《つ》いで薬を飲んだ。そうして目を閉じ、ソファーに身体を埋めるように横になった。あざやかすぎる色彩の海の中で寝息を立てはじめた女の姿は哀れであった。

吉乃は夢の中にいた。

彼女は一人で曠野《こうや》を歩いていた。その夢のはじまりはいつも同じだった。

濃灰色の雲が低く垂れ込めた空の下に瓦礫《がれき》の荒地が連なっている。草も木も、人の気配もしない。寂寥《せきりょう》の風景の中をただ歩き続ける。ずっと曠野をさまよい続けて終ることもあった。が、その日の午睡の夢は違っていた。遥か丘の上方に一条の光が見えた。吉乃はその光を見つけると、懸命に走った。やがて彼女の髪を撫《な》でるようなやわらかな風が吹きはじめ、草の匂いがしはじめ、かすかにせせらぎの音も聞こえてきた。人の声がする。

――誰かがいる。きっとあの人たちだ……。

最後の丘を越えると、そこは黄金色にかがやく平原だった。よく見ると一面に花を咲かせた向日葵畑《ひまわり》がひろがっていた。

笑い声がした。声のする方に目をやるとちいさな人影が跳ねるように向日葵の中を走っていた。みっつの人影。先頭を走っているちいさな影は孫の陽である。そのうしろを息子の陽一と夫の慎次郎が追い駆けている。

「な～んだ、皆、こんなところにいたのね」

吉乃は嬉しそうに言って、丘を駆け下りていく。

オーイ、オーイ、アキラチャン、ヨウイチ、アナター……、彼女が大声で呼んでも三人はただ夢中で遊んでいる。ようやく側《そば》に着いて、陽に手を伸ばした。すると陽はするりと数メートル先に離れた。アキラチャン、ババヨ、アキラチャン、何度呼んでも吉乃の方を見てくれない。ヨウイチ、アナタ、アナタ……、二人も同じだった。吉乃は慎次郎に走り寄った。途端に夫の姿が目の前から失せた。

「アナター」

吉乃は大声を上げた。

その声で、彼女は目覚めた。

窓の外を見ると、すでに冬の陽《ひ》は落ちて部屋の中を冷気がつつんでいた。

彼女は戸惑うように部屋の中を見回し、ゆっくりソファーから起き上がり、キッチンに行き顔を洗った。キッチンの壁にかけた小鏡の中に泣きはらした女の顔が映っていた。年老いた女の顔だった。

——しっかりしなくては……。

抗鬱剤が効いたのか、彼女は冷静に自分を見つめることができた。ダイニングに行き、ソファーのマットを整えた。テーブルの上に抗鬱剤の錠剤が転がっていた。よほどあわてて服用したのだろう。錠剤を片付けながら、こんな薬に頼るようになった自分が情なく思えた。

吉乃は生まれてからこのかた病気らしい病気をしたことがなかった。それが去年の秋の終りあたりから、知らぬ間に塞《ふさ》ぎ込んでいる自分に気付いた。夫を亡くし、息子と孫を同時に亡くしてひとりきりになった女の精神状態がおかしくなってもなんの不思議もないのだろう。夫が死んだ後も気丈夫に生きてきたつもりだが、どこかで無理をしていたのかもしれない。そのことに昨日、精神科の医者の何気ない質問で気付いた。

「伊東さん、近頃、何か気がかりなことがおありではないのですか」

「気がかりって？」

「ですから、最近の暮らしの中での心配事とか、今までの人生の中で気になっていることとかです」

「人生？　先生、私はひとりで生きてるんですよ。気がかりなことなんかありゃしませんよ」

「そうですか。でも少し考えてみて下さい。そうして、どんな些細《ささい》なことでも私に話して下さい」

若い医師だが、丁寧なもの言いとやさしい目に吉乃は信頼を寄せていた。

——気がかりなことか……。

吉乃は胸の中でそう呟《つぶや》きながら、テーブルの上をぼんやりと見た。

そこに赤いリボンがかかった可愛い箱が置いてあった。彼女は箱を見つけて微笑《ほほえ》んだ。

箱を抱くようにして南側にある小部屋に入った。その部屋は他の部屋と様子が違っていた。派手な装飾は何もなく右隅にしっかりした机が置かれ、文房具とパイプが数本、本棚に古い本が入っている。左の壁には同じサイズの額縁に入った絵画が数点かかっていた。正面の壁にはちいさな祭壇が作ってあり、そこにマリア像があった。祭壇の前に美しいテーブルクロスをかけた小テーブルがあり、その上に三個の写真立てが仲良く並んでいた。

右端の写真立てには、パイプを銜《くわ》えて煙りをくゆらせて笑っている夫が写っている。上機嫌の時の夫の顔だ。彼女が一番好きな慎次郎のスナップである。左端の写真立てには海を背にヨットの甲板の上で笑っている陽一。そして真ん中に、水族館のイルカのショーを見学した夏、嬉しそうにVサインをしている陽が写っていた。

慎次郎は十一年前に癌《がん》を患《わずら》って先立った。慎次郎の父も兄も癌で死んでいるから、そういう体質だったのかもしれない。

夫の死は寿命だったのだと思っている。夫が息子と孫の死に直面しなかっただけでもよかったと吉乃は思う。

だが息子と孫の死は寿命とは思えなかった。あの日、自分が陽を学校に迎えにいけばよかったと今も悔《くや》んでいる。出張での仕事が予定より早く済み、有給休暇を取らされた陽一が急に帰宅し、陽を迎えにいった。陽は突然あらわれた父親を見て、横断歩道を斜めに走り出したと事故の現場を目撃していた人が言っていた。突っ込んできたダンプカーに気付き、陽一も道路に飛び出した……。八年前の春のことだった。

それが息子と孫の寿命だったとは、吉乃にはどうしても思えない。

写真の中で微笑む陽一と陽を見て、彼女はまたタメ息をついた。

――イケナイ、イケナイ……。

彼女は自分に言い聞かせるように呟き、箱のリボンをといた。中から出てきたのは額装された絵だった。

「来年はこの絵を選びました。どうでしょうか、慎次郎さん。どうですか、皆さん」

彼女は写真の方に絵をかかげて言った。そうして祭壇の脇にあった絵を外し、新しい絵をそこにかけた。

ゴッホの〝向日葵〟だった。外した絵も同じ画家の向日葵を描いた作品だ。外した〝向日葵〟を左の壁にかけた。そこには合わせて十一点のゴッホの〝向日葵〟が並んでいる。

慎次郎が亡くなった年から一年に一点ずつ注文し、部屋に置いてきた。

老舗《しにせ》の製薬会社を経営する家の次男に生まれた慎次郎は父親が早逝《そうせい》し、絵画を勉強することを断念し、兄が社長を務める会社の重役になった。フランスにも一度留学していたほどだから、慎次郎は絵画の造詣《ぞうけい》が深かった。

夫はヴァン・ゴッホの作品と人柄をこよなく愛していた。吉乃は夫からゴッホの話をよく聞かされた。その中でも吉乃の好きな逸話《いつわ》があった。

『ゴッホは狂気の画家なんかじゃないんだ。ゴッホを生涯助け続けた弟のテオに赤児が生まれた時、兄のゴッホは弟の家に駆けつけて、その赤児を何時間も身動《みじろ》ぎもせずに見つめていたんだ。画家の目は美しい赤児を見てかがやき、最後には涙を流していたんだ。そうして弟のテオに言うんだ。これは天使だよね、と。素晴らしい人なんだ』

吉乃には弟の赤児を見つめるやさしい兄の姿と純粋な画家の気持ちがわかる気がした。

陽一が誕生した日、夫は画家と同じ行動をした。結婚当初から二人は子供を望んだが、なかなか授からなかった。病院へも通い、寺、神社にも参拝した。三年目にやっと子供を授かった時、二人は喜んだ。陽一を見て涙を流す夫の姿に、吉乃はいつか聞いたゴッホの話を思い出した。同じことを陽一は陽が生まれた日にしていた。陽一の頬を伝う涙を見て、慎次郎の息子なのだと思った。それほどまでいつくしまれて誕生した子供たちがなぜ死ななければならなかったのか……。

——何か気がかりなことはありませんか？

医師の言葉が耳の底に響いた。

——私はひとりだもの、そんなものはありませんよ。

そう返答したものの、気がかりなことがないわけではなかった。

電話が鳴っていた。吉乃は部屋を出てダイニングのサイドテーブルの上の電話機を取った。

「伊東さん、今、テレビにマツイが出ているよ。×チャンネル」

神保町《じんぼうちょう》の喫茶店のマスターからだった。

テレビを点《つ》けると、その若者が映っていた。いい笑顔である。孫の陽の笑顔によく似ている。一目見た時から陽のあいくるしい表情と重なった。美しい笑顔だった。吉乃はその笑い顔を見ていて、これは天使の笑顔だと思った。

吉乃はそれまで格別野球に興味はなかった。だからこの若者が今年、メジャーに挑戦したことも知らなかった。ヤンキースというチーム名も初めて知った。

若者の存在を知ったのは、週に何度か立ち寄る神保町の裏路地にある喫茶店のテレビを見てからだった。

三月の或る日、いつものように喫茶店のドアを開けると、右隅でぺちゃくちゃと話していた数人の女たちが吉乃の姿を見た途端、急に目を丸くして口をつぐんだ。

「どうしたのさ、急に静かになって、また私の悪口を言ってたのかい」

吉乃の言葉に奥に座った眼鏡の女が不満気に言った。

「私たち、人の悪口なんか話したことありません。それにどうして伊東さんの話をするんですか？」

「そうかい。じゃ三日前に、そこの角の中華料理店で、伊東って女のあることないことを話してたってのは、私のことじゃないってのかい」

女たちが口をおさえて顔を見合わせた。

「あの店はあんたたちがまだヒヨッコの頃から私と主人が通ってた店なの。私が淡路町の煎餅《せんべい》屋の店員をいじめたって？　そんな噂話して面白いのかね」

「………」

女たちは黙りこくった。

「伊東さん、いつものですね」

カウンターの奥からマスターが言った。

「お願いします。マスター、やっぱりあの連中、私の悪口言ってたんでしょう」

「違いますよ。伊東さん、人をそんなふうに考えちゃいけません」

「そうよね、マスター。被害妄想よね」

女の一人が言って、皆が頷《うなず》き合っていた。

マスター、お勘定、と言って、女たちが立ち上がった。吉乃に会釈《えしやく》しながら女たちが背後を通り抜けようとした時、あっ、マツイだ、マスター、テレビの音を大きくして、と女の一人が言った。マスターがテレビのボリュームを上げた。

「いや、たまたま打てただけです。でもラッキーでしたね……」

帽子を被った若者が嬉しそうに笑っているのが画面に映っていた。ホームランを打ったんだ。頑張ってるわね。本当にいいわね、マツイって……。背後で女たちが誉《ほ》め合っていた。性格がいいのよ、この人は。そう、やっぱり性格よね……、女たちが遠回しに嫌味を言ってるのがわかった。その時、吉乃の肩を叩く女がいた。

「何よ？」

振りむくと、先刻の眼鏡の女がテレビを指さして言った。

「伊東さん、マツイって一度も人の悪口言ったことがないんですって、知ってました？」

「何言ってるの、人の悪口を言わない者が世の中にいるもんですか。嘘に決まってるじゃない」

吉乃はテレビを見上げた。

途端に彼女は黙り込んだ。テレビの中の若者の笑い顔が孫の陽に驚くほど似ていた。

「この人、誰なの、マスター」

「ヤンキースのマツイ選手ですよ」

「ヤンキースって？」

「知らないんですか、アメリカの野球チームの名前ですよ。ジャイアンツにいたマツイ選手が今年、アメリカに渡ったんですよ」

「野球選手なの。何ていう名前？」

「マツイ、松井秀喜選手です」

「……マツイね。いい笑顔ね」

吉乃はその若者の顔をじっと見ていた。

「伊東さん、これ、例の紹介状。診察は四月の第二週の木曜日の午前中です」

「あっ、どうもありがとう。マスター、このこと内緒にね。あの連中が聞いたら何を言われるかわかったもんじゃないから……」

「わかってます。若いけどいい先生らしいですよ。私の姉がひどい更年期障害でノイローゼになった時に診《み》て貰ってましたから」

「マスター、内緒だって言ったでしょう」

「わかってますって」

マスターが笑った。

「どこのマツイだったっけ？」

「ヤンキースのマツイです。伊東さん、野球に興味があったんですか」

「そんなものありません」

「もうすぐ開幕ですから朝のテレビでマツイの試合は見られますよ」

「ふぅ〜ん、そうなの……」

吉乃はその夜、ひさしぶりにテレビのスポーツニュースを見た。マツイのホームランの映像が映し出され、インタビューがはじまった。

「いや、たまたま打てただけです。でもラッキーでしたね……」

帽子の庇《ひさし》に手を当てながら嬉しそうに白い歯を見せた若者の顔はやはり孫の陽によく似ていた。

「本当によく似てる……」

吉乃は呟き、美しい若者の笑顔を見て、知らぬ間に笑い出していた。なんだかしあわせな気分になってきた。

その日から吉乃はマツイのテレビ放映を見るのが日課になった。

喫茶店に行っても、マツイのニュースを放送する時間になると、マスターにテレビを点けて貰った。

「伊東さん、えらくご執心ですね」

マツイの顔がテレビに出てくると周りの声も聞こえなかった。

マスターに紹介状を貰って、初めて診察を受けたN大学病院の心療内科でも、吉乃はマツイの話をした。

カウンセリングは退屈な会話が続いていたが、医師から、今、何か楽しみはありますか、と訊かれた時、ヤンキースのマツイ、と吉乃は返答した。途端に医師の目がかがやいて、いや、僕もマツイの大ファンなんですよ、と身を乗り出してきた。

「ヤンキースタジアムでの満塁ホームランはご覧になりましたか。いや、すごかったですよね、あのホームラン。感激しましたよね」

——この先生、いい人なんだ……。

その後からは吉乃も素直に医師の話を聞けたし、自分の症状を正直に話すことができた。

それからは病院に通うというより、マツイの話をしにいく気分で通院できた。

四月からシーズンの終了する十月末まで、二人の会話はカウンセリングというより茶飲み話をしているような楽しさがあった。

「伊東さん、五月になってマツイの調子が今ひとつですね。メジャーはやはり手強《てごわ》いですね」

「大丈夫よ。あの子はきっと打ちはじめるわよ。私たちがついてるんだから」

「そうですよね。僕たちが応援してますからね。……いや、伊東さんの言われていたとおりに打ちはじめましたね。六月の新人王候補ですよ」

「だから心配ないって言ったでしょう」

「伊東さん、ここのところ具合いがいいようですね」

「そうね。気分も悪くならないわね」

「……オールスターに出場しますね。楽しみな夏ですね。日本人選手が三人も選ばれたなんて気分がいいですね」

「そう、私はあの子だけしか知らないから」

「……後半戦、いきなりのサヨナラホームランでしたね。マツイも喜んでましたね」

「そうね、本当に嬉しそうだったわね」

「……九月はちょっと調子良くないですね」

「大丈夫よ。五月の時もそうだったでしょう。今から調子を上げてワールドチャンピオンになります」

「……アメリカンリーグ地区優勝おめでとうございました。マツイがチームにいなかったらぞっとするなんて、ジオンビもいいこと言いますよね」

「本当の戦いはこれからよ。ポストシーズンに入ってからが勝負だもの」

「そうですね。おっしゃるとおりです」

「……いや、ツインズ戦のホームランは大きなホームランでしたね」

「あの子、嬉しそうだったわね」

「……伊東さん、私、泣きましたよ。見ましたか、マツイ選手が同点のホームを踏んだ後の、あのポーズ。あんなマツイを見たのは初めてでしたよ。嬉しかったんでしょうね」

「あの子があんなにしあわせそうな顔をしたのは今シーズン、初めてね」

「伊東さんの身体もすっかり良くなっていますよ」

「そうかしらね。そういえば元気になった気がするわ」

ワールドシリーズの第六戦が終って、テレビからマツイの姿が消えた途端、吉乃の体調がおかしくなった。

「先生、どうして野球って一年中やらないのかしら……」

「そうですよね。野球が終っちゃったら何か拍子抜けしちゃいましたね。あっ、いや、来シーズンがありますからね」

「でも春まであるんでしょう。私、どうやって生きていこうかしら」

それでも時折、マツイのニュースが放送される日はよかったが、顔を見る回数が減ると、吉乃は塞《ふさ》ぎ込みはじめた。

その夜、吉乃は誘眠剤を飲んだのだが寝付けそうになかった。

ベッドの中で灯《あか》りの消えた暗い天井を見つめ、昨日のカウンセリングでの会話を思い出していた。医師の顔が浮かんだ。

「伊東さん、そんな生まれついて意地の悪い人なんかいませんよ。子供の時は皆素直でいい子じゃないですか」

「それは先生が善い人だからそう思うんですよ。善人と悪人がいるように、持って生まれた性悪《しょうわる》な人だっていますよ」

「そんな人、僕は見たことありませんね」

「私はあるわよ」

「そうなんですか……。伊東さん、近頃、何か気がかりなことがおありではないのですか」

「気がかりって?」

「……今までの人生の中で気になっていることとかです」

——今までの人生の中で……か。

吉乃は目を閉じた。

瞼《まぶた》の裏にひとりの人影が浮かんだ。消え入りそうな細い人影だった。吉乃は目を凝らして人影を見つめた。人影の正体が誰なのか、吉乃にはわかっていた。

ユキコである。

吉乃は唇を噛んだ。胸に置いた手が掛蒲団を握りしめている。ユキコの姿があらわれると吉乃は逆上してしまう。憎んでも憎み切れない女だ。吉乃の人生でこんなに人を憎んだ覚えはなかった。陽の母親で、陽一の妻であった女である。最初に顔を見た時から嫌悪が湧いた。一人息子を奪われてしまうという感情もあったのかもしれないが、それだけではなかった。肌が合わないというか、ユキコが自分を見つめる目や、陽一と交わす会話に寒気を感じた。それでも息子が選んだ相手なのだからと自分に言い聞かせたが、上手《うま》くいかなかった。吉乃のぎくしゃくした態度に気付いて、慎次郎から注意されたが、ユキコを見ているだけで鳥肌が立つようになった。

結婚式の前日、鹿児島から上京してきたユキコの両親に吉乃は、自分はこの結婚に反対していると言った。慎次郎に叱責《しっせき》されたが、吉乃は頑として主張をまげなかった。吉乃ひとりが式に欠席した。陽一は何も言わなかった。息子の沈黙を吉乃はユキコに何か問題があるからだと勝手に決め込んだ。

吉乃との同居を拒んだのはユキコだった。ユキコはあからさまに吉乃を避けるようになった。三年経っても陽一たちには子供ができなかった。夫婦は病院に通ったり、子が授かるという寺、神社に出かけたりしていた。吉乃は自分が同じ思いをしたことを忘れて、子が産めない女は離縁すべきだ、と陽一に言った。陽一も悩んでいたが、そこまでの決心はつかないようだった。或る時、吉乃は息子の新しい嫁候補を探してきて、ユキコに内緒で陽一に逢わせた。ユキコはそれを知り、逆上して実家に帰った。三ヵ月後にユキコは戻ってきて、それからしばらくして妊娠した。懐妊の報告にやってきた二人を前にして、吉乃は沈黙していた。そうしてユキコが一人になった時、吉乃は、子供を産んだら家を出ていって下さい、と告げた。ユキコも、そのつもりです、と表情ひとつ変えずに返答した。後でその話を耳にした慎次郎がユキコを説得したが、ユキコの決心は変わらなかった。

「そういう女なんですよ。あの女は……」

吉乃は夫にも息子にもそう言った。

ユキコは陽を産んで二週間後に鹿児島に帰っていった。ユキコは病院で一度も陽の顔を見なかったと看護婦から聞かされた。陽一が何度か鹿児島に説得にいったが、ユキコは承知しなかった。吉乃は陽の母親替りになって孫を育てた。陽一は再婚しようとしなかった。

二人が交通事故で亡くなったとき、吉乃は他の家庭のように母親が子供を迎えにいっていればこんな目に遭うことはなかったのだとユキコを恨んだ。

ずっと憎み続けていた女への感情が、この八ヵ月余りで少しずつ変化しているのに吉乃は気付いていた。自分が思い込んでいた女とユキコは違う女ではなかったのかと……。どうしてそう思うようになったのか吉乃にもわからなかった。

――ともかく来週、先生に正直に話をしてみよう。

吉乃は胸の内でそう呟いて寝返りを打った。


一月の陽差しの中をリムジンバスは北にむかって疾走していた。

車窓から差し込む南国の陽差しは春のようにあたたかだった。吉乃は高速道路脇にひろがる竹林をまぶしそうに眺めていた。

――綺麗なところね。

彼女は連なる山の尾根に目を移した。青く霞《かす》む稜線のむこうに、去年の年の瀬、吉乃に助言をしてくれた医師の笑顔が浮かんだ。

「……そうですか。そんなことがあったんですか。大変でしたね」

ユキコの話をすべて打ち明けた後、医師は頷きながら吉乃を見た。

「先生、私は間違ってたのでしょうか」

「さあ、それはわかりませんが、でも伊東さん、今日、私にそれを打ち明けられて少し楽になられた感じはありませんか」

吉乃はこくりと頷いた。

「先生、私はどうしたらいいのでしょうか」

「その方は今どこにいらっしゃるのですか」

「二年前に病気で亡くなりました」

「そうですか。……なら一度、お墓参りにでも行かれてみてはどうですか？」

「お墓参りに……。けどお墓の前に行くとまた以前のように感情が昂《たか》ぶるかも……」

「そうなったら戻ってこられればいい。けどそんなふうにはならないと思いますよ」

「どうしてですか？」

「人間は許し合うものだからです」

「私はまだあの女を許してはいないかもしれないんです」

「そうでしょうか。私にはそう思えません。伊東さんの今のお顔はこれまでにないほど綺麗に見えますから……」

「先生、冗談をおっしゃってるんですか」

「いいえ」

医師は真顔で言った。

「でもどうしてこんな気持ちになったんでしょうか？」

医師が口元に笑みを浮かべて言った。

「それはですね。たぶん……」

ユキコの墓参へいくなど吉乃は考えてもみなかったことだった。大晦日《おおみそか》の夜まで吉乃は墓参にいけるかどうかを考え続けた。正直、ユキコの墓の前に立つのが怖かった。

年が明けて、三日の日に吉乃はユキコの実家に墓参したい旨を書いた手紙を出した。断わられれば、それでよそうと思った。十日後、お待ちしております、という葉書が届いた。墓参の日を書いて返信した。

その日が近づくにつれて落着かなくなった。カウンセリングで墓参のことを話すと、医師は明るい声で、学生時代にあのあたりを旅しましたが美しい所ですよ、それに魚が美味《うま》かったな、戻られたらぜひお話を聞かせて下さい、と笑った。

今朝、家を出る時、泣き出してしまいそうな感情が起こった。理由はわからなかったが、それでもともかく出かけようと空港へ行き、鹿児島に着いた。ユキコの実家のある高尾野町までは阿久根行きのリムジンが出ていた。

バスはすでに高速道路を下りて一般道路を走っていた。

高尾野駅前とアナウンスが聞こえて吉乃は窓辺のボタンを押した。バスの停留所に一人の老婆が立っていた。ユキコの母である。

「ご無沙汰しています」

「遠い所を……」

そう言葉を交わしたきり二人は黙って歩き出した。途中、吉乃は花屋に寄った。ユキコの実家は川沿いにあった。ユキコの弟という男が挨拶にあらわれ、三人で墓にむかった。時候の話などを陽気に話す弟とは対照的に母親は沈黙していた。その沈黙が吉乃を不安にさせた。

墓は山麓の古い寺の裏手にあった。吉乃の訪問を知ってか墓は綺麗に掃除されていた。吉乃は墓の前に立って手を合わせた。心配していた感情の昂ぶりはなかった。

ありがとうございました、と吉乃は母親に言って、墓地のむこうへ連なる山を見た。

「綺麗な山ですね」

吉乃が言うと、母親が山を仰いで静かに言った。

「あなたにひとつだけ聞いておいて貰いたい話があります。あの山は紫尾山《しびさん》と言いまして、ユキコが嫁にいって三ヵ月だけ戻ってきていた時、毎日、登っておった山です……」

――毎日、山に登っていた？

吉乃は母親が何の話をはじめたのかわからなかった。

「あの山は昔から子を授けてくれる山です。頂上に上宮神社があって、そこで祈った女は子が授かります。ユキコはこの弟に途中まで車を運転してもらって、毎日子が授かるようお祈りに出かけておりました。雨の日も風の強い日も休むことは一度もありませんでした。子供の頃から体力がある娘ではありませんでしたが、それは懸命に登っておりました。私はそれが陽さんを授けてくれたと思うとります。そのことだけをあなたに知っておいて欲しいのです」

山の頂きを見ていた吉乃は母親の話が終ると、墓前にしゃがみ込んだ。涙があふれ出したが、泣いている理由がユキコへの後悔なのか、陽一と陽の運命への哀切なのかわからなかった。

「ユキコもあなたの墓参を喜んでるでしょう。ありがとうございました」

吉乃は母親の声を聞きながら首を横に振った。私は許して貰うために来たのではない、と言いたかったが、それが口に出せなかった。泣くだけ泣くと吉乃は立ち上がり、母親に礼を言った。

墓参を終え、三人で歩き出すと、途中で弟が左手の学舎を指さして、あそこが自分と姉が通った中学だと言い、珍しいものがありますが見ていきますか、と訊《き》いた。吉乃が母親の顔を見ると、彼女はかすかに微笑を浮かべていた。

校庭に入ると、校舎の前に冬の陽差しにかがやく向日葵が咲いていた。冬の陽だまりに花は大輪の花片《はなびら》を空にむかって揺らしていた。花芯がきらきらとかがやき、まぶしいほどだった。陽一と陽の笑顔が思い出された。

「主人がこの花が大好きで息子に陽一と名付けました。陽一もこの花が好きで、孫に陽《あきら》とつけたんです」

「ユキコから聞きました」

「ユキコさんは再婚されていたと聞きましたがお子さんは？」

「再婚して二年で戻ってきました。あの子はそこで子を作ろうとしませんでしたから」

「…………」

吉乃は返答ができなかった。

「私はあなたを責めているのではありません。私もあなたも哀しい思いをしたのは同じです。子供を亡くすというのはこの世で一番せつないことですもの……。私は、今、ユキコは一番一緒に居たかった人と一緒におるように思うとります。そう考えると気もまぎれますから……」

吉乃は仲良く並んで咲くように見える向日葵をじっと見つめていた。

飛行機が上昇し水平飛行に入ると、飲み物のサービスがはじまった。

吉乃は前方の座席の袋に入っていた機内誌を手にした。頁を捲《めく》っていくと、右頁一杯にマツイの顔があらわれた。あの笑顔である。

――本当に陽によく似ている。

若者の笑顔が孫の笑顔と重なり、それが学舎で見た向日葵の花に重なった。

――そうね、二人ともまぶしい笑い方をしているんだわ。

吉乃はそう呟いてから、自分の気持ちが晴々としているのに気付いた。吉乃はとうとう最後まであの母親に謝ることができなかった。それでも気持ちが爽《さわや》かになっていた。

彼女はもう一度マツイの写真を見直した。

「あらっ、この子にはえくぼがあるのね」

十ヵ月余り、この若者の笑顔を見続けていたのに、えくぼに気付かなかった。そう言えば陽の頰にも可愛いえくぼがあった。

「そうか、えくぼが似てたんだわ」

吉乃が声を上げると、隣りの客が怪訝《けげん》そうな表情で見返した。

吉乃は写真の中の大きなえくぼを指先で撫《な》でながら、ヒデキさんのえくぼ……、アキラチャンのえくぼ……、と胸の中で呟いていた。

その時、吉乃の指が静止した。

陽一にも、慎次郎にもえくぼはなかった。吉乃にもえくぼはない。

――このえくぼをアキラチャンは誰から貰ったの？

吉乃はあわてて脇に置いていたハンドバッグから封筒を取り出した。その中には帰り際に吉乃がユキコの母親に頼んで貰ってきたユキコの写真が入っていた。まだ気持ちはふっ切れていなかったが、いつかあのテーブルの写真に彼女の写真を並べられる時が来るかもしれないと、無理に頼んで貰ったものだった。

吉乃は封筒の中から、ユキコの写真を取り出した。そして写真を見つめ、大きく息を吐いた。ユキコの左頬に美しいえくぼがあった。

――こんな美しいものをこの人は孫にくれていたのか……。

そう思った瞬間、膝の上に置いた雑誌の上に大粒の涙が零《こぼ》れ落ちた。

吉乃は隣りの客にさとられまいと、窓の外に顔をむけた。白くかがやく雲の海がゆっくりとにじんでいった。

どんまい

「その投げ方じゃ、だめだな」

いきなり背後から聞こえた声に、純也はびっくりして、ボールを投げようと振り上げていた手を思わず止めた。

振り返ると、伊予灘《いよなだ》の方角に沈もうとしていた夕陽が目に飛び込んで、相手が黒い影にしか見えなかった。草叢《くさむら》に立つ自分より背の高い影が、また声を上げた。

「その投げ方じゃ、カーブは曲がらないぞ」

純也は夕陽にグローブをかざし、相手の顔を見た。てっきり年長の男児だ、と思っていた影が、スカートを穿《は》いているのに気付き、よけいにびっくりした。

両手を威張ったように腰に当て、仁王立ちしている恰好《かっこう》は、スカートを穿いていなければ、年長の男児にしか見えない。このあたりでは見かけない顔だった。

「何だ？　おまえは……」

純也は驚かされたことに腹が立って、ぶっきら棒に言った。

「だから、その投げ方じゃ、カーブは投げられないって言ってるんだ」

相手も怒ったように言い返した。

純也はたじろいだ。しかしすぐに相手が自分とそう年が変わらない少女だということに気付いて、

「放っとけ」

と怒鳴り返した。

純也はボールを投げていた廃工場の壁にむき直って、左足を上げ右腕を背後に引いた。投げようとした瞬間、

「だめだって、それじゃ」

と相手が大声を出し、純也の指先を離れたボールはとんでもない方向に転がってしまった。

ハッハハハ、相手が笑った。純也は頭にきて少女を睨み付けた。

「おまえ、うるさいんだよ。あっちへ行け」

それでも少女は白い歯を覗かせて、笑っている。純也は舌打ちをして、ボールが消えて行った草叢の方に走り出した。ボールを拾い、マウンド代りにしていた場所に戻ろうとす

ると、少女はまだそこに立っていた。純也は相手を無視することに決めた。

純也は壁にむかってボールを投げた。力んで投げてみるのだが、上級生の投手が投げるようにカーブが上手く投げられなかった。同じ歳の少年の中では、純也は一番速い球を投げることができると自負していたし、ストライクを何球も続けて放ることができた。来春、三年生になれば、町内の年少組の野球部に入れる。そこで純也はピッチャーをやりたかった。しかし少女が言ったように、カーブが上手く曲がらない。

――うん？

純也は投げるのを止めて、首をかしげた。

――なぜ、あいつ、俺がカーブを投げる練習をしとるのがわかったんだ？

純也は少女の方を振りむいた。少女は同じ姿勢で立っていた。

「あのさ、その握り方じゃ、ボールは曲がらないんだよ」

――握り？　何を言ってるんだ、こいつ……。

純也は眉を上下して、少女を見直した。

聞き慣れない言葉遣いもそうだが、相手の言い方にはどこか自分を馬鹿にしているような感じがあった。

「じゃ、おまえがカーブを投げられるんなら、投げてみろや」

純也が言うと、少女は、いいよ、と平然とした顔で歩み寄り、純也の手からボールを取り、壁にむかって背筋を伸ばして立ち、ボールを握った左腕を二度ぐるぐると回転させた。

――サウスポーか……。

純也が胸の中で呟《つぶや》いた時、少女は右足をゆっくりと上げ、右手を前に突き出し、左手を大きく上げて一気に振りおろした。ボールは壁の手前でブレーキがかかったようにカーブし、純也が壁にチョークで描いていたストライクゾーンの真ん中に当たり、ポンという乾いた音を立てた。

純也は口を半開きにして、壁と少女を交互に見た。ボールもよく曲がったが、それ以上に少女の投げたボールには迫力があった。

――な、なんだ、こいつは……。

少女は少し不満そうな顔をして、首をかしげていたが、純也を見てにこりと笑った。そうして草叢に入り、ボールを拾って戻ってくると、ボールを握った手を純也に見せた。

「ほら、人さし指と中指をこうやって少し外にずらすんだ。やってみな」

純也は少女が握って見せたやり方で、ボールを握ってみた。

「違うよ。もう少し外にずらすんだ」

純也が指をずらすと、ボールが手からこぼれ落ちた。少女はボールを拾って純也に渡し、ぎこちなくボールを握っている純也の指の上から彼女の指を覆い被せるようにした。温かい手だった。

「ほら、こうだよ。親指もしっかり握ってないとだめだ。ちいさい手だな……。でも毎日練習すれば握れるようになるよ」

そう言われて少女の手を見ると、純也よりひと回り大きかった。

「こうしてごらん」

少女は言って、左手の人さし指と親指の腹を合わせて、パチンと音を立てた。純也は右手の指で同じようにしたが、音など出なかった。

「ボールを放す時、この感じで放すんだ。すぐにできなくても、きっとできるよ」

そう言って少女は左手を振りおろしながら指で音を立てた。

「はあ……」

いつの間にか少女にうなずいている自分に気付いて、純也は唇を嚙んだ。

「おまえ、どこの誰や?」

純也が言って顔を上げると、少女はもう草叢のむこうまで走り出していて、頑張れよ、と男のような言葉を残して立ち去った。

「チェッ、何が頑張れじゃ」

純也は舌打ちし、右手の人さし指と親指を鳴らそうとしたが、何も音はしなかった。

周囲を見ると、すでに陽は落ちて晩秋の薄闇が原っぱにひろがろうとしていた。

「あっ、いけねぇや」

純也は言って、あわてて走り出した。


家の玄関口に上がると、純也はわざとせわしない足音をさせて、

「ごめん。今からすぐに淑子んところへ行くから」

と大声で言った。

いつもなら、何をしよったの、と怒る母の声はすぐに返ってこなかった。

純也は廊下に立ち止まり、台所にいるはずの母の様子をうかがった。

——淑子の具合いが良くないんだ……。

純也はそう思って、グローブを放り投げ、台所に入った。

母は黙って、夕食の準備をしていた。背中が丸まっている。何かを我慢しているのが、純也にもわかった。

母と、淑子と純也の三人暮らしだった。父親がどんな人なのかは知らない。父親がいな

いことを辛いと思ったことはなかった。三人の暮らしは、いつも笑い声がして楽しかった。家の中に陰りが見えはじめたのは、半年前のことだった。

「難しい病気にかかったのよ……」

今まで見たことのない母の憂鬱《ゆううつ》な顔とくぐもった声で、純也は妹の病気の厄介さを察した。

純也と淑子は二卵性双生児だった。

純也が兄で淑子が妹だということは、純也にはよくわからないが、純也以上に小柄で弱々しい淑子を見ていると、自分が淑子を守ってやらなくてはならない、と幼い頃から思っていた。男児と女児は、男児が女児を守ってやるのが仕来《しきた》りだと、徳造爺さんから教わっていた。

「男が女を守るんは、当り前のことじゃからのう」

徳造爺さんはそう言う。

純也は、徳造爺さんが好きだった。母は、自分たちの唯一の親戚である徳造爺さんをなぜか嫌っている。それでも時折、徳造爺さんが純也を誘って遊びにいこうと言い出すと、母は黙って純也を送り出す。

徳造爺さんが純也を連れ出す場所は、いつも野球場である。爺さんはスタンドに腰を下ろして、買ってきた缶ビールを舐《な》めるようにして飲んだ。

「ほうっ、あれはいい選手だわ」

徳造爺さんはぽつりと言う。

爺さんが誉める選手は、たいがい小柄な選手である。

「これは逆転しような……」

そう言うと、劣勢だったチームが逆転勝ちをした。

「トクジイ、どうして逆転するのがわかったの？」

純也が訊《き》くと、徳造爺さんは笑って言う。

「そんなことは誰にもわかりゃせん。ただ野球いうゲームは、懸命になっとる方へ勝運がむきよるからの……。奇妙なゲームじゃ」

「ケンメイって何じゃ？」

純也が訊き返すと、

「ケンメイか……。自分にできることを精一杯やることじゃ」

とまたぽそりと言う。

純也には、徳造爺さんの言葉の意味はよくわからないが、初めてキャッチボールを教わった時、徳造爺さんはボールを純也の手に握らせて言った。

「このボールはおまえの胸の中にあるもんが、そのまま出よう。真っ正直にやっとれば、真っ直ぐ放れるし、真っ直ぐ飛んでいく。ひねくれとったら、ひねくれたものが出よう。このボールの中には、おまえのことをいつも見てくれとる者が隠れとるんじゃ」

「本当か？」

純也は徳造爺さんの顔を見た。

徳造爺さんは、前歯の抜けた口を開いて大きくうなずいた。

その徳造爺さんが、先月からいなくなった。爺さんが独りで暮らす上市《かみいち》の家に、母に言われて煮物を届けにいくと、木戸に墨文字で、留守と書かれた紙が貼《は》ってあった。

家に帰って、母にそのことを話すと、

「またどこぞにふらふら遊びに行かれたんじゃろう。ほんま、極楽とんぼじゃからな……」

母は機嫌がいい時は徳造爺さんのことを極楽とんぼと言うが、機嫌が悪い時は極道爺いと呼ぶ。いつか爺さんに、純也がそのことを話すと、爺さんは大笑いをして言った。

「極楽も極道も、かわりはせん。どっちもわしが行くとこじゃ。ハッハハハ」

純也は、夕暮れ、廃工場の原っぱで逢った少女の話を爺さんに話したかった。

——あのさ、その握り方じゃ、ボールは曲がらないんだよ。

あのさ、という言い方は、どこの者の言い方なのだろうか。聞き慣れない言葉遣いで、少女が他所《よそ》からきたことは純也にもすぐにわかったが、悪い感じはしなかった。

今日の午後、旭町に松商の練習試合を見に行った後、上市の爺さんの家の様子を覗きにいったが、まだ帰っている気配はなかった。留守の貼り紙はどこかに失せていた。

純也は爺さんに聞きたいことがあった。

それは野球の試合の時に、選手達が使う妙な言葉だった。

〝どんまい〟、たしかそう言った。

その言葉を掛けられた相手は、二度、三度うなずいて、声を掛けた相手に軽く手を上げ唇を噛む。

「どんまい」

純也は一人で声に出してみた。

「純也、何か言うたが？」

台所から母の声が返ってきた。

「いや、何も言わん」

「ご飯の支度ができたから早う食べて淑子の所に行ってやり」

「わかった」

卓袱台《ちゃぶだい》の前に座って夕食を食べはじめると、着替えした母が入ってきた。

「淑子は昨日から熱が出とるから、騒いで疲れさせてはいけんよ」

「うん、わかった」

「それと、これ、病院に行く前に〝魚勝〟さんの所に届けといて。遅うなってすみません、て言うといてね。それと朝御飯は水屋の中に用意してあるからね」

母は言って、卓袱台の上に封筒を置いた。化粧の匂いがした。淑子が入院をしてから母は夜も道後の街に働きに出るようになった。昼は道後の旅館で仲居をしている。

純也は味噌汁を具と一緒に一気に口の中に掻《か》き込んで、白飯をよそおうと炊飯器の蓋を開けようとして、背後に何か気配を感じて振りむいた。

母が戸口に立ったまま、じっと純也を見つめていた。

「何、どうしたん?」

純也が訊くと、母は何か考えごとでもしていたのか、目を覚ましたように首を振った。

「……何でもないよ」

母は笑って、純也を見返した。

玄関の戸が閉まる音を聞きながら、純也は、今しがた母が見せた表情を思い出した。夏が過ぎてから、時折、母はぼんやりとひとつところを眺めていることがあった。純也が声を掛けても、母は気付かず、じっと佇《たたず》んでいる。母の目は視界に映る何かを見つめているふうではなかった。そんな母の姿を見るのは初めてのことだった。純也は妙な不安を覚えた。

玄関を飛び出し、商店街に入ると、角店にある〝魚勝〟を覗いた。奥で店仕舞いをはじめているのか、表には誰もいない。

洗い流されたコンクリートの陳列台の縁にちいさな魚が一匹へばりついていた。純也はそれを指の先でつまんで鼻の先にぶらさげた。

「何をしとるんじゃ。売りもんにさわるな」

ゴムの前掛けをした〝魚勝〟の爺さんがホース片手に立っていた。

「こんなもん、誰も買わんわ」

「何を言う。そりゃ、〝どんこ〟言うて、立派な売りもんじゃ」

「どんこ?」

「そうじゃ、唐揚げにすりゃ美味《うま》いんじゃ」

「……どんこ?」

純也が考え込んでいると、自転車のブレーキ音がして、〝魚勝〟の女将《おかみ》が帰ってきた。

「純ちゃん、ヨッちゃんの具合いはどうね?」

女将が木箱を荷台から降ろしながら言った。

「うん、これから病院へ行くところ」

「そうね。妹思いで感心じゃね」

「おばさん。これ母ちゃんが……」

純也が母から頼まれた封筒を渡すと、女将は封筒の中身を確認してちいさくうなずき、ちょっと待っとって、と言って、奥に消えた。女将は戻ってくると、菓子の入った包みを純也に渡し、ヨッちゃんにね、と笑った。

「おばさん、どんまい、って何のことかわかるかね？」

「どんまい、それ何ね？　ちょっと爺ちゃん。どんまい、って知っとる？」

床を洗い流していた爺さんが顔を上げた。

「どんまい？　そんな魚は聞いたことないの」

「サカナ？　純ちゃん、それ、魚のことね」

純也は爺さんと女将を交互に見て、菓子の礼を言って走り出した。


淑子は眠っていた。

昨日より、顔が少し赤い。熱があるのだろうか。細い腕につながれた点滴の液の色が、昨日までと違っている。淑子の長い睫毛《まつげ》が時折、ぴくりと動く。

——どこか痛いんじゃろか。

純也は点滴のつながれていない淑子の左手の指に触れた。やはり少し熱っぽい。

カーテン越しに話し声が聞こえる。水吸いの置かれた台の上に、描きかけの絵とクレヨンがある。去年の夏、三人して出かけた興居島《ごごしま》の相子が浜での海水浴の絵が、海の青色を塗りかけたままにしてある。

淑子は絵を描くのが好きだ。学校の展覧会でもいつも入賞する。入院してからの淑子の絵は、彼女がこれまで遊びに行った場所や、行きたい場所を描いている。この海水浴の絵では、泳げないはずの淑子が魚と一緒に遊んでいる。

——いつになったら、また海に行けるんじゃろうか……。

純也が呟いた時、淑子が顔をゆっくりと振り、目を開けた。

淑子は大きな目で純也をぼんやりと見て、

「兄ちゃん、水」

とかすれた声で言った。

おうっ、と純也は返答し、水吸いを妹の口元に持っていった。水吸いを手で受けようとして淑子が顔を歪《ゆが》ませた。点滴の針が動いたのだろう。

「手を動かすな」

淑子はちいさくうなずいて、唇をすぼめて水を飲んだ。

「熱があるのか?」

うなずく淑子を見て、純也は妹に話してやる何か面白い話はなかったか、と考えた。

純也は夕方、廃工場で逢った少女の話をした。大袈裟に話す純也の話に、淑子は笑い出した。

「そんな大きな女の子はおらんよ」

「ほんまじゃて、俺の倍はあった。女児《おなご》じゃて、スカートを穿いとったもの。けど生意気な奴じゃった」

純也は話をしながら、右手の親指と人さし指を鳴らそうとしたが、音は出なかった。

病院の帰り道、〝魚勝〟の前を通った。女将が働いていた。純也が菓子の礼を言うと、女将が純也を呼び止めた。

「純ちゃん、あんた徳造さんの家で、お好み焼屋のおばさんを見んかったね」

「トクジイは今どっかに行っとるよ」

「だから、徳造さんが出ていく前に、お好み焼屋のおばさんが家に遊びに行っとらんかったかね?」

純也は、いつも派手な色の服を着て歩いているお好み焼屋のばあさんの顔を思い出しながら首を横に振った。

「それがどうしたの？」

「また徳造さんの悪い癖が……。いや何でもないわ。今の話、お母ちゃんには内緒にしといてね。いいね」

「うん」

純也は返答して、家にむかって走り出した。


週末の午後、純也は附属小学校のグラウンドにグローブを持って年長組の練習を見にいった。

土曜日は年長組がふた手に分かれて試合をする。人数が揃っていないと純也は試合に入れて貰えることがある。

母に言われて、徳造爺さんが帰ってきているかを見てきたので、いつもより時間が遅くなった。

正門の脇を走り抜け、グラウンドに入ると、マウンドの所に皆が集まっていた。

ベンチに座っていた同級生のユキオに純也は訊いた。

「試合はせんのか。あそこに集まって皆何をしとるんじゃ？」

「変な女児が入ってきて、野球をさせろと言うとる。上級生がだめじゃ言うても、やらせろ言うてきかん。馬鹿じゃなかろかの」

ユキオが首をすくめて言った。

「だから一回打たせてよ」

年長組の選手の輪の中から大声が聞こえた。

「あっ、あの女児じゃ」

純也は思わず声を上げた。

三日前に廃工場跡の草叢で逢った少女が年長組の中で、腰に手を当て大声で何かを言っている。

打てんせんて、やめとけ。だから打たせてみろ。ボールが当たって泣いてもしらんぞ。泣くもんか、そのかわり打ったら仲間に入れろよ。生意気な口をきく女児じゃの……。

年長者たちは少女に根負けしたのか、投手の一人がマウンドに残り、少女がバットを手にしてバッターボックスに入った。皆ニヤニヤと笑って少女を見た。

手加減はせんからな、とマウンドの投手が言った。少女は左バッターボックスに立っていた。マウンドの投手はチームのエースではなかったが、純也などにはとても打てない速いボールを投げる投手だった。

尻にぶつけてやれ、誰かが大声で言って、皆が笑い出した。

マウンドの投手が真剣な顔で少女を睨んでいた。少女は平然とバットを構えている。投手の左足が上がり、少女にむかってボールが投げられた。

カーン、と乾いた音がして、少女が打った打球がセンターの後方にむかって上昇した。

打たれた投手も、見物していた年長者たちも、純也も、ユキオも、その打球を口を開けたまま見上げていた。

「あれ、まあ……」

隣りでユキオが素頓狂《すっとんきょう》な声を上げた。

ムキになった投手が、女児だから手加減をしたから、もう一回打ってみろ、と言い出し、それから三球投げたが、少女は三度とも同じように軽々とホームラン性の打球を打ち返した。年長者たちは皆黙り込んでしまったが、圧巻は試合に入った少女が投手としてマウンドに立ってからだった。ボールが速い上にコントロールが抜群に良かった。おまけに落差のある変化球を投げた。選手たちは少女のボールにバットを当てるのが精一杯だった。

年長者たちは少女に手玉に取られたのが口惜しかったのか、三回を終えると、今日はやめた、と言い出して、グラウンドを引き揚げていった。

　グラウンドには少女と純也の二人だけが残った。

「君、この間のカーブを練習していた子だろう」

「おまえ歳はいくつなんだ？」

「女の子に歳を聞くもんじゃない。十歳だよ」

「十歳！　本当かよ？」

　純也はびっくりして、少女を足元から頭の先まで見直した。自分とひとつしか歳が違わない。

「君、キャッチボールをしないか」

「いいけど、おまえはグローブがないじゃないか。よし、俺のを貸してやるよ。俺は素手で大丈夫じゃから」

　純也がグローブを少女に投げると、少女はクスッ、と笑って左手にグローブを嵌《は》めた。

「そうか、おまえ左ききだものな」

「平気だ。私が受けるからカーブの練習をしてみろよ」

　そう言って少女はスカートを内股に入れて、その場にしゃがみ込んだ。こんな恰好を平気でする少女は見たことがなかった。

「よし、投げろよ」

少女がグローブを叩いた。純也はボールを持ったまま立っていた。

「どうした？　早く投げろ」

「……おまえやっぱりおかしいよ。女児なんじゃから……」

純也が言うと、少女は急に怒ったように頬をふくらませ、純也にグローブを投げ返しグラウンドを去っていった。


翌日、母が一日仕事があるので、純也は淑子の病院へ行った。

淑子は熱が下がって、ベッドに座って絵を描いていた。

「今日は調子が良さそうじゃの」

淑子が元気だと純也も嬉しくなる。

「兄ちゃん、中庭に出たい」

「そうか、じゃ看護婦さんに聞いてくるわ」

純也はナースセンターに行き、淑子と中庭に出ていいか、と訊いた。少しだけならかまわないと言われ、車椅子を借りて中庭に出た。

青空がひろがり、十一月にしては暖かい陽気だった。中庭には見舞いにきた人たちが入院患者と談笑していた。

純也は車椅子を押して、中庭の池のほとりに淑子を連れていった。淑子は空を見上げている。純也も空を見上げ、今頃、グラウンドで皆が野球をしているのだろう、と思った。

「母ちゃん、今日は仕事言うてたね」

「ああ、朝早うに出て行った」

中庭にいる人たちはほとんどが家族連れで、子供二人でいるのは純也と淑子だけだった。

「淑子も早う良くなって、また相子が浜へ海水浴に行こうな」

「良くなるかな……」

淑子が弱々しい声で言った。

「良くなるに決まっとる。今日くらい元気なのが続いたら、すぐに退院できるって」

そうは言ったものの純也にも淑子の病気が良くなっているのかどうかはわからなかった。

母に妹の具合いを訊いても、この頃は、ちゃんと答えてくれなかった。

「綺麗《きれい》な帽子……」

淑子が声を上げた。

「えっ、何を言うたんじゃ」

「あの帽子、綺麗……」

淑子が指さした池のむこう側に、車椅子に乗った白髪の老人と並んで、少女と母親らしき女性が歩いていた。その少女が白いワンピースと同色の帽子を被っていた。秋の陽差しに帽子の白とピンク色のリボンがかがやいていた。淑子は少女の帽子を綺麗と呟《つぶや》いていた。

――なんや金持ちの家の子やな……。

時折、車椅子の老人に笑いかける少女の身のこなしには品があり、いかにも良家のお嬢さんといったたたずまいをしていた。

母子連れと付添婦に車椅子を押された老人が、池の縁に沿ってゆっくりと純也たちの方にむかって歩いてくる。淑子は少女をじっと見つめていた。

「淑子、そろそろ戻ろうか」

純也が言うと、淑子が純也の腕に手をかけて、少しこのままにして欲しい、という仕草をした。

――淑子も女の子やから、ああいう恰好がしたいのじゃろうか……。

純也は胸の中で、そう思いながら、近寄ってくる少女を見た。

「あっ、あいつじゃ」

純也は思わず声を上げた。

少女も純也の顔を見て、一瞬、顔色を変えた。スカートを穿いたまましゃがみ込んだ少女とは、まるで別人のように映った。少女は老人と母親が話をはじめた時、純也にむかってウィンクした。そうして純也の隣りにいる淑子をちらりと見て、老人の方に笑いかけた。

——どうなっとるんじゃ……。

純也が呆気にとられていると、

「淑子もあんな帽子が被ってみたい」

淑子がぽつりと言った。

その日の午後から、淑子は帽子を被って丘の上に立っている自分の姿を絵に描きはじめた。


翌夕、純也が廃工場の壁にむかってボールを投げていると、おしい、と声がして草叢のむこうから、人影が手を振って近づいてきた。

見ると、あの少女だった。スカートではなくスラックスを穿いていた。手にはグローブを持っていた。

「これならいいだろう。さあ、キャッチボールをしようぜ」

純也は笑ってうなずき、ボールを投げた。

「おっ、曲がるようになったじゃないか」

少女が嬉しそうに言った。

「ふん、おまえなんかすぐに抜いてやるぞ」

「私は、おまえじゃない。カオルって言うんだ」

そう言って少女は笑ってボールを投げ返した。カオルもカーブを投げてきた。純也はあわててグローブをずらしたが、ボールはグローブの土手に当たって取りそこねた。

「ハッハハ、それじゃ、君は私を抜けないよ」

「俺は、君じゃない。純也って言うんだ」

純也はボールを思いっ切り投げ返した。

「ジュンヤって言うのか。今のはいいボールだ」

少女も思い切ってボールを投げ返した。

「カオル、誰に野球を教わったんだ」

「パパだ。パパは名選手だった」

二人は陽が沈むまでキャッチボールを続けた。

「俺はもう家に戻んなきゃいけない。病院に行くんだ」

「……そうか。あの子はジュンヤの妹なのか？」

「そうだ」

「顔が似ていたものな。病気は大変なのか」

純也が一瞬、顔を曇らせると、

「あそこはいい病院だから大丈夫だ。私のお祖父《じい》ちゃんも退院できるかもしれないと言っていた」

「あの人はカオルの祖父ちゃんなのか」

「そうだ。ママのお父さんだ。東京からママと二人で見舞いにきたんだ」

クスッ、と純也が笑うと、カオルが純也を見返して、何が可笑《おか》しいんだ、と訊いた。

「ママって言ったのがだ」

「可笑しいか」

「おまえが、いやカオルが言うと可笑しい。それにこの間の病院での恰好も可笑しかった」

「しょうがないじゃないか。ああしないとお祖父ちゃんは喜ばない」

カオルが頬をふくらませて言った。

「……そうか、悪かった」

純也が謝まると、カオルが右手を差し出した。純也も手を差し出し、握手した。カオルの手は温かかった。カオルが言った。

「ありがとう」

「何で、ありがとうなんだ？」

「女の私と、一生懸命にキャッチボールをしてくれて」

「何を言ってんだ。じゃ、またな」

純也は走り出して、急に立ち止まり、カオルを振りむいた。

「もしかまわなかったら、あの日被っていた帽子を少しでいいから貸してくれないか」

「帽子？　あっ、あれはだめだ。亡くなったパパが買ってくれたものだから。他の帽子ならいい。でも帽子なんかどうするんだ？」

純也は淑子が、カオルの帽子の絵を描いている話をした。カオルは険しい表情をして純也の話を聞いていたが、きっぱりと言った。

「でも、あの帽子は絶対にだめだ」

「そうか、大切なものだものな。じゃあな」

純也は言って、家にむかって走り出した。

家に帰ると、玄関の鍵がかかったままだった。母がまだ仕事先から戻っていないのだ、と思った。裏に回って鉢植えに仕舞ってある鍵を取って戻ると、純也の名前を呼ぶ声がした。〝魚勝〟の女将だった。

「純ちゃん、病院からさっき電話があってヨッちゃんの容体が急に悪くなったから、すぐに病院に来てくれって」

「えっ、それで母ちゃんは」

「富子さんがどこに居るのかわからないのよ。旅館に電話を入れたら、今日は休んでるって。今朝は一緒に家を出たんでしょう」

純也は今朝方、思いつめたような顔をしていた母の横顔を思い出した。

「俺、すぐに病院へ行く。おばさん、母ちゃんが帰ってきたら淑子のことを伝えて」

「わかったわ」

純也は女将にグローブを預けて、一目散に駆け出した。

淑子は集中治療室に入っていた。顔馴染みの看護婦が母のことを尋ねたが、純也には返答のしようがなかった。純也は廊下の椅子に座って、母が来るのを待った。そうして淑子を助けて欲しい、と祈った。純也にはそれ以外にできることがなかった。

――母ちゃんはどこへ行ってしまったんだろう。

母のことを考えると、純也は不安になった。もしかして、母は淑子と純也を見捨てて、どこかへ行ってしまったのではないか、と思った。

――いや違う。母ちゃんはそんなことはしない。今日に限って遠出の仕事か何かがあって、今頃、ここにむかってるはずだ。

純也は胸に湧き起こる不安を懸命に打ち消した。

廊下の壁の時計はすでに夜中の二時を回っていた。

純也は病院の玄関に出た。

人影はなく、秋の風にむかいの雑木林が音を立てていた。小一時間、玄関と治療室を往復した。三時を過ぎた頃、一台のタクシーが病院の駐車場に停った。女が降りてきた。母だとわかった。声を掛けようとした時、もう一人男が降りてくるのが見えた。純也は柱の陰に隠れた。母は男をタクシーの方に追い返すようにしていた。首を激しく横に振り、何かを話していた母は、小走りに玄関にむかった。

純也が目を覚ますと、母の手が肩を抱いていた。

「母ちゃん、淑子は？」

純也が訊くと、母は笑みを浮かべて、

「大丈夫だったわ。昨晩《ゆうべ》はごめんね」

と言って肩を叩いた。純也は首を横に振り、ガラス越しに集中治療室のベッドに寝ている淑子を見た。背後に母が寄る気配がした。

「純也、今日、学校は行けそう？」

「うん、行くよ。俺、顔を洗ってくる」

純也は洗面所に行き、顔を洗った。

〝魚勝〟の女将に預けたグローブのことが気になった。廊下に出ると、昨夜の看護婦が、紙袋を手にやってきた。

「佐伯君、これを淑子ちゃんに渡して下さいって預かったわ」

渡された紙袋を覗《のぞ》くと、中に帽子が入っていた。

――カオルだ。

「看護婦さん、誰がこの袋を持ってきたの。その人まだどこかにいるの？」

「お母さんと娘さんの二人だったわ。タクシーを待たせていたから、もういないかもね」

純也は廊下を走った。玄関に出ると、一台のタクシーが坂道を降りるのが見えた。純也は玄関を飛び出し、タクシーを追い駆けた。

オーイ、オーイ、カオル、カオル、と純也は叫びながら走った。スピードを上げたタクシーが遠ざかっていく。病院のある丘の周りをタクシーは半周して、下の道に出る。純也は芝の上を転がるように走った。

大通りへ出る信号でタクシーは停車していた。純也はあらん限りの声で、カオルの名前を呼んだ。信号が青にかわり、車が動き出した。するとタクシーが側道に寄った。ドアが開いて、ワンピース姿のカオルが出てきた。

「カオル、カオル、ありがとう」

純也が大声で言うと、カオルは手を振ってから両手を口に当て、

「ドンマイ、ジュンヤ」

と叫んだ。

純也は首まで湯につかって目を閉じていた。

隣りでは、徳造爺さんが同じように目を閉じて、浪花節《なにわぶし》の一節を唸っている。

「トクジイ、俺、カーブを投げられるようになったぞ」

「そうか。カーブをな……」

「トクジイ、〝どんまい〟って何のことじゃ」

「ドント、マインド。気にしなさんなってことじゃ」

徳造爺さんは目を閉じたまま言った。

「たったそれだけのことなのか？」

「それだけのことじゃ」

「ふぅーん……そうか。トクジイ、女児の手いうのは温かいの。女児もええもんじゃの」

すると徳造爺さんがぽつりと言った。

「女は厄介じゃ」

元湯の湯煙りが二人をつつんでいた。

風鈴

江戸の八百八町《はっぴゃくやちょう》に、浪花《なにわ》の八百八橋《はっぴゃくやばし》という言葉がある。

江戸時代に、ふたつの都がいかに栄えていたかという喩《たと》えだが、この言葉には江戸に対抗して、上方、大坂の人間の負けん気が言い張ったきらいがある。江戸、元禄期の古地図を調べると、当時、浪花の橋は名前のない橋を含めて、百五十橋程度で、大正時代の末で三百五十橋余りだったらしい。昭和に入って、大阪の橋は一気に数を増して千を越すが、ここ二十年は都市整備で川や堀が地中に失せ、橋は町名に名を残すだけで大半が消えてしまう。

それでもまだ大阪には人々がいとおしむ橋が残っている。それは大阪人にとって、川が生命ということを語っている。川とはすなわち淀川《よどがわ》である。京都から流れてきた淀川はいくつもの川が寄り合い大淀川となり、大阪の市中で、またいくつかの支流に分れる。寝屋川《ねやがわ》、摂津《せっつ》を流れた淀川は、毛馬《けま》でふた手に分れて、一方は福島から此花《このはな》をへて大阪湾に流れ出る。もう一方は大きく蛇行して釣り針のかたちに大阪市中を囲むように流れ出す。これが旧淀川の大川で、大川はまた網島で寝屋川と合流し、天満橋《てんまばし》、天神橋《てんじんばし》を潜《くぐ》って中之島でふた手に分れ、堂島川、土佐堀川と名を変え、安治川となって大阪湾へ出ていく。

釣り針のように蛇行すると書いたが、その大川のふくらみの中に、橋の名に残っているごとく天満・天神の町はある。天満、天神と呼称こそ違っているが、どちらも菅公こと、学問の神さまと崇《あが》められている菅原道真《すがわらのみちざね》の縁《ゆかり》の地名である。大阪に二十五社ある天神社の中心は、大阪天満宮である。土地の人は〝天満の天神〟と呼ぶ。

天満とは、道真が九州に西遷させられる時に、この地で輿《こし》をとめ、いざ出発の折に、あふれるほどの星が目指す西方を標《しるべ》のようにかがやかせたので、星の光が天に満つ、とし、天満となったらしい。

星の美しい土地であったのだろう。美しいのは星だけではなく、人の情も深い土地である。その情に厚い人々は川のせせらぎの音と清涼な川風に抱擁されて生きている。

朝、夕、大阪湾の潮が止まる時、川も朝凪《あさなぎ》、夕凪の一瞬を迎え、水音も風音も失せ、人々を立ち止まらせる。ひとときの静寂の後、風はまた吹きはじめ町は賑やかな活気にあふれる。川はこの町の人のこころにやすらぎを与え続けている。

女が店の前にあらわれて、ほんのいっときの間立ちつくし、軒先までばら蒔《ま》かれた品物にじっと目をやり、立ち去っていくようになったのは、七月も中旬を過ぎた、夕刻からだった。

青田透《あおたとおる》は、最初、女を見た時、どこかで逢った覚えがある気がした。翌夕、また女が店先に立っているのを相手に気付かれぬように、そっと見直してみると、知らぬ女だった。

軒下の品物といっても〝近江屋《おうみや》〟が商いをしているものは、どれもガラクタばかりであった。ひとすじ違いの天神橋筋の本通りには、骨董《こっとう》屋としてそれなりの品物を扱う同業者もあるが、〝近江屋〟が扱うのは、およそ値がつくとは思われぬ本当のガラクタである。その証拠に、店におさめ切れない商品を、夜はシートを被《かぶ》せて簡単に紐《ひも》を掛けておくのだが、朝になると、そのシートの脇に、誰が持ち込むのか、ゴミの山が積んである時もあった。

青田は三年前に、磯辺《いそべ》良一からこの店をまかされた時、朝になると店前に積まれているゴミを見て、ゴミ置き場と間違いやがって、と腹を立てた。元々、裏通りの角場所に店を構えていた果物屋の二代目の良一もガラクタの商いは素人《しろうと》だった。その素人の良一がどうして十五年も、こんな商売をしていたのか、青田にはわからなかった。

「俺とおまえが喰《く》うていければ、そんでええのんやさかいな。ない頭使うて、いっぱしの商いをしようとしたらあかんで」

と最初に釘《くぎ》をさされていたから、ゴミひとつにぎすぎすしないことにした。そう思いはじめると、上手《うま》いもので、捨てられたゴミの中にも店の品として売りに出せるものがあることを発見した。

さすがに、この頃は生ゴミなどは置かれなくなり、夜半に捨てにくる者も、どこか捨て難い物を置いていくようだった。

「あっ、これや、あったで。小ぼんちゃん、このロボットの模型とちゃうの？」

とあきらかに捨て主とわかる女がガラクタの中から子供の玩具を見つけて声を出すこともあった。

それはそれでいったん捨てたものに金を出して買い戻させるのだから、妙な商いではある。しかし店の奥で寝たきりになっている良一から、子供のもんは金を取るな、と言われているので、ほれ、持ってき、と青田は子供に放ってやる。

一日、銭にならぬ日もあるが、家賃を払っているわけではないし、良一のわずかな年金もあるから二人で食べていくのに困ることはない。かつては梅田《うめだ》で呉服の商いをしていた青田は五年前に、友人の保証人になり、返済にばたついたのが不運のはじまりで、最後は金融屋から昼夜の取り立てにあい、とうとう女房、子供にも愛想をつかされて、焦げが残った身体で、中学時代の先輩であった良一に泣きついた。良一に怖い組の連中にも話をつけて貰《もら》い、ここに居候《いそうろ》うをするようになった。良一は命の恩人である。ガキの頃から、良一にはそれでなくとも何かと世話になり、一人前になったつもりが、還暦をむかえようとする歳になって、また面倒を看《み》て貰っている。だから何ひとつ頭が上がらない。

その良一が、好きな酒が祟《たた》ってか、脳溢血《のういっけつ》で、突然、倒れたのは、青田が転がり込んだ一年後の夏の日だった。

天神祭も終って、良一の大好きな甲子園の高校野球の出場校が決まりはじめた七月の晦日《みそか》の夕刻、天神《てん》五丁目《ご》の市場脇で一杯飲み屋をやっている徳本の主人が大声を上げて店へ駆け込んできた。

「え、え、えらいこっちゃ、良さんが倒れてしもうた……」

血相を変えて飛び込んできた主人の顔を見て青田は立ち上がった。

「なんやて、どこでや？」

「う、うちのカウンターでや。コ、コップを握りしめたまんま、良さん、ずるずると沈んでしもうた」

「そんで今どないしてんのや」

「女房《うち》の奴が救急車を呼んだ。ともかく……」

青田は路地を走り出し、市場の人混みにむかって、どいてくれ、と大声を上げ店へ駆けた。

物珍しそうに覗《のぞ》き込んでいる昼間から一杯機嫌の労働者たちを怒鳴りつけ、人垣を分けると、身体を大の字にして良一があおむけに倒れていた。半眼を開いたようにして鼾《いびき》の音がしていた。

こりゃ、あかんで。鼾搔《か》いとるわ。ほんまや。この人、天満の良さん、違うんか。そうや、エースの良さんや……。野次馬の声に救急車のサイレンの音が重なった。

かなり難しい状態だ、と医者から言われた病状が二回の手術と一年の入院で、なんとか退院できるまでになった。

そこまで恢復《かいふく》したのは、良一の幼馴染《おさななじ》みの本通りで中華料理店をやっている奈津子《なつこ》のお蔭だった。夫を早くに亡くして、女手ひとつで店を切り盛りし、子供四人を育て上げた奈津子でなければ、病室で怒鳴り声を上げて良一を恢復させることはできなかった。

奈津子は良一に、麻痺《まひ》していた右半身のリハビリを医師がやり過ぎと口にするほど手厳しくやった。

「何を女児《おなご》みたいに泣いてんねん。こんくらいのことで泣いてたら、そこらのガキに笑われるで。天満のエースの名前が泣くわ」

ふぐりが晒《さら》けた右足を奈津子は肩に載せ、顔を歪《ゆが》める良一にかまわず、力まかせに動かした。

奈津子さん、そら、無茶やで……。男の青田が見ていてそう口にしたほどだ。しかしそれが無茶でも無理でもなく、汗だらけで良一の身体を動かし、元に戻そうとする奈津子の執念が少しずつ、良一を恢復させた。

本当の家族の方でも、あそこまではできなかったと思います、と退院の日、婦長が良一が乗った車椅子を押す奈津子のうしろ姿をまぶしそうに見て言った。

歩くことも口をきくこともできないが、食事はやわらかなものなら食べられるようになり、時折、車椅子に乗せて、大川岸に少年野球を見せにいく。顔半分歪んだままだが、川風に当たり白球を追う子供を見ている時はどこか表情がなごんでいるのが、青田の目にもわかる。

その良一が去年の梅雨時、風邪を引き、高い熱を出した。雨漏りがしているのを青田が気付かず、朝まで飲んで戻ってみると、良一の身体はずぶ濡れで、震えていた。

「命まで助けて貰うた良さんを、あんたは死なそうとしてんのか」

青田は奈津子に怒鳴りつけられた。

そんなこともあり、この梅雨、奈津子は良一を連れて、長女が嫁《とつ》いだ福島のペンションに出かけた。七月になれば戻ってくると言っていたが、店の方を次男夫婦と次女がちゃんとやってくれているので、奈津子はまだ良一を連れて帰ってこなかった。

良一がいなければ、青田も一人で飲みにいけるし、時々は十三《じゅうそう》、松島へ艶っぽい遊びにも出かけられる。それでもやはり良一がいないと、青田はどこか芯《しん》が抜けたような気持ちになる。

「良さん。早う帰ってきいひんと、天神祭もはじまるし、甲子園の野球もはじまるで……」

昨夜も青田は徳本の店でコップ酒を飲みながら愚痴っていた。

「なあ青やん。あんたんとこへ、この頃、妙な女が来てへんか？」

主人が訊《き》いた。

——あの女のことやろか……。

そう言えば、ここ数日、夕刻まで前の日の酒が残り、店の奥でうとうととしてばかりいた。

「なんや、店の軒先をじっと見上げて、けったいな女やな、とわし思うたわ」

——店の軒を？

そんな主人との会話を思い出しながら、また青田は、その日も店の奥で船を漕《こ》いでいた。

電話が鳴った。

店の電話が鳴ることはほとんどなかった。

――奈津子さんや。

青田は立ち上がって、よろよろと奥の部屋に上がり受話器を取った。甲高い声は奈津子である。

「青田さん。店の方はどない?」

「どない言われたかて……。いつもと同じでんがな。えっ、何ですか?」

「良さんがね、あんたに何か言いたいんやて」

――言いたいいうたかて、良さんは口がきけまへんがな。

青田は奈津子の話していることが理解できなかった。

「ともかく良さんがなんや必死であんたに何か言いたいことがあんのやて。それで苦労して紙に書いたことを伝えるよ」

「はあ……」

「カド、ノキ、ツル、カメ、やて」

「何ですって、もういっぺん言うて貰えますか？」

「だから、カド、ノキ、ツル、カメ」

「はあ？　奈津子さん、大丈夫でっか？」

「あんた誰に口きいてんのや。ともかく私が何度も確認して、良さんが頷《うなず》きはったんや」

「へえー、カド、ノキ、ツル、カメでっか」

「わかった？　それで意味がわかるの？　そやろな……。けったいやもんね。私も何を言いたいんか、考えるよってにあんたも考えて」

電話を切ってから、青田は首をかしげて店の表へ出た。

若い男女のカップルが店先の品物を手にして話していた。

「そのコーヒーカップなら安うしとくで」

「えっ、これ売りもんかいな」

茶髪にした若者が素頓狂《すっとんきょう》な声を上げた。

「当り前やがな。ちゃんとした品物やで」

「信じられへん。ここ店やったの」

花魁《おいらん》道中のような底高の靴を履《は》いた若い女が言って、立ち去った。

本通りの方から岡持ちを手にした女が自転車の鈴を鳴らしながら店前《みせさき》を通り過ぎようと

した。奈津子の次女のアケミである。

「アケミちゃん。今、おかあはんから電話があったで、元気にしてたで……」

「ほんまに。今度電話があったら伝えといて。ええ歳して子供作って戻ったらあかんってね」

「はあ？」

青田は鈴を鳴らして市場を通り抜けるアケミの姿を見つめ、そこで初めて、奈津子が良一に惚《ほ》れていることに気付いた。

奈津子も独り身なら、何の事情があってか独身を通した良一も独りなのだから、二人が一緒になっても少しもおかしくはない。

「そうか……。奈津子さんは良さんに惚れてんのや」

青田は立ち上がって声を出した。

「何を独り言ぶつぶつ言うてんのや。青さん、大丈夫かいな」

頭に白い布を被って割烹着《かっぽうぎ》を着た徳本の女房が青田の背中を叩《たた》いて通り過ぎた。白い影が路地の角に消えると、市場の暗がりから、女が一人こちらにむかって歩いてくるのが見えた。

「いや、さっぱりわけがわからへん……」

青田は末広町の高速道路下にある居酒屋の小上りに座って首をかしげた。

「青田さん。さっきから何をぶつぶつ言うてんのや?」

店を仕舞い終えてきた徳本の主人が青田の顔を覗き込んだ。

「あんた、青さんは今日の昼間っからおかしいんやで……」

徳本の隣りで女房が生ビールを飲みながら言った。

青田は二人の声が聞こえないふうで、シャツのポケットから小紙を取り出し、しわだらけになった紙をテーブルの上でのばした。二人が身を乗り出して小紙を覗き込んだ。

「これ何ですの?」

「何が何やらわからへんから弱っとるんやないか」

「カド、ノキ、ツル、カメ……。いったい何ですの?」

主人が小紙を手に取って訊いた。

それを女房が脇から読んで言った。

「なんや、天神さんの童歌《わらべうた》みたいやね」

青田が女房を見た。

「ほれ、〝ツルとカメがすべった。うしろの正面、誰《だあ》れ?〟いう歌ですがな」

「それが良さんと何の関係があんのんや?」

「良さんの?」

主人の甲高い声で三人が腕組みした。

「それに、あの女な……」

青田がぽつりと女のことを洩《も》らした。

「女って何ですの? 良さんにええ女《ひと》ができたんですかいな?」

女房が目の玉を丸くして訊いた。

「そんなんとちゃう。ほれ、あんたが言うてた女や」

青田が主人にむかって言った。

「ああ、あの女の人でっか。今日もまた見えましたか?」

「うん。夕方、またあらわれて、いっとき店の品物を見て回ってから、あんたの言うとおり最後にじっと軒先を見上げて引き揚げていった」

「そうでっしゃろう。おかしな女ですわ」

「あんた誰の話してんの?」

「おまえとは関係のないことや」

「ちょっと、女の話してんのと違うの。おまえと関係ないってどういうこと?」

女房が声を荒らげて言った。

「何をムキになってんのや」

青田は二人を置いて店を出た。

天神橋筋の本通りに出て、ゆっくりと商店街を歩きはじめた。

青田は頭の隅に何か妙なものが引っかかっている気がした。軒を見上げた女の顔は真剣そのものだった。同じような目をして誰かが軒を見上げていたのを以前見たような気がするが、それが何時のことで誰のことだったか思い出せない。

商店街はすでにどの店も灯が消えていた。

青田が若い時は、この商店街もそうだが、天満・天神の界隈は夜遅くまで人通りがあり、昼間のように賑やかだった。青田の生家は大川を隔《へだ》てた桜宮だが、ガキの頃はよく橋を渡って天神へ遊びに行った。中学へ上がって、好きだった野球部に入り、そこでふたつ歳上の磯辺良一を見た。天満・天神の子供は野球がめっぽう上手いと聞いていたが、良一の野球はその中でも群を抜いていた。あんな速い球を投げる投手を青田は見たことがなかった。中学の時にすでに大阪で一、二と言われ、良一が進学する高校は甲子園に出場できると噂《うわさ》になるほどだった。

〝天満のエース〟と良一は呼ばれていた。この界隈で裏通りにある果物屋〝近江屋〟の息子・良一のことを知らない野球少年はいなかった。

マウンドに立った時の神がかりを思わせるプレーとは逆に、普段の良一は口数も少なく、ひどいはにかみ屋であった。端正な目鼻立ちをして、男振りも良かったから女学生たちが良一を一目見ようと〝近江屋〟の店前に屯《たむ》ろしていた。青田はそんな女たちの言伝《ことづて》を聞いてやり、その中の何人かの女生徒とデートをしたこともあった。良一はいくら青田が可愛い女生徒だから一度逢ってみてはどうか、と言っても聞き入れなかった。

良一は大阪の野球の名門校に進み、二年生の時からマウンドに立った。身体が大きくない良一が他県から編入してきた大柄な選手と競うのは大変だったらしい。

青田も良一のいる高校へ進学した。入学した生徒の半数以上が野球部に入部していた。その上男子校だったので、ひどいシゴキが日常行なわれていた。新入部員の大半はボールを握らせて貰えるようになる前にシゴキに耐え切れずに退部していった。挫《くじ》けそうになる青田をエースの良一は何かと面倒を見てくれた。同じ天満・天神のあたりから通う生徒にも、彼は目をかけてやっていた。

対抗試合や練習試合では無敗の良一も、なぜか甲子園には縁がなかった。二年生の春も夏も準決勝で敗れた。最上級生の春は主催新聞社の微妙な思惑で選抜から外された。そして最後の夏は部員の暴力事件に巻き込まれて、出場辞退となった。

良一の野球につきまとう悲劇は、それだけではなかった。彼は高校を卒業すると、神戸にある製薬会社の社会人野球部へ入った。プロ野球からの誘いもあったが、身体がちいさいということで最終的にスカウトたちは二の足を踏んだ。入社した会社が一年もしないうちに倒産した。他の社会人野球部から誘いがあったが、良一は高校の先輩でプロ野球に入って活躍した男から、新しいプロ野球リーグの旗挙げに参加するように誘われ、そこへ入団した。しかしそのリーグも興行が上手くいかず解散した。

良一は天満に戻り、父親の果物屋を手伝いはじめた。それからの良一は嫁も貰わず、両親と三人で果物屋の商いを黙々と続けた。

良一の野球を知っている人は、「〝天満のエース〟は〝悲劇のエース〟」と小声で話していた。

――あれからもう四十年近くになる。

若かった自分も、颯爽としてマウンドに立っていた、あのまぶしいほど華やかだった良一も、歳を取ってしまった。あの頃のかがやきを知る人はほとんど、この界隈にもいない。

二年前の夏、徳本の店で倒れた良一を見て、どこの労働者かは知らないが、〝天満のエース〟だと言った者がいた。案外と、ああいう連中の方が、野球の真価を見る眼があり、まぶしかった時間を忘れずにいるのかもしれない。天満に暮らしている間は、青田もそうだが、良一は皆に見守って貰えるのだろう。

店の前に着くと、珍しくゴミが捨てられていた。古い型のCDプレーヤーと段ボールがひとつ。中を覗くと、玩具やら食器が見える。どこかへ引っ越す家族が捨てていったのだろう。片付けは明日にしよう、と思った。

家に入ろうとすると、大川の方角から鐘の音が聞こえた。明日は天神祭の宵宮だから最後の囃子《はやし》の練習をどこかでやっているのだろう。鐘の音は川風に乗って天満を西へ渡っていく。海は引き潮なのだろう。

青田は木戸に掛けた手を離し、店の角の前へ戻って、夜空を見上げた。夏の半月が浮かんでいた。鐘の音に月明りが揺れている。

彼は軒を見上げた。

――あの女は何を見ていたんやろか。この軒に何か吊《つる》されるとでも思てんのやろかな……。

そう呟《つぶや》いた途端、青田は軒を見上げていた男のうしろ姿を思い出し、酔っておぼろだった目を見開いて、家の中に駆け込んだ。

翌日の午後、都島橋《みやこじま》の袂《たもと》、桜宮の川岸に建つ、高層マンションの一室から、吉井由利子《ゆりこ》は天満の街並を眺めていた。

この部屋に来て、今日で九日目になる。

部屋は家具のほとんどが片付けられ、由利子が使っているベッドだけがぽつんと置いてある。あとは片隅に由利子の旅行鞄《かばん》があるきりだ。ここは由利子の部屋ではない。大学時代の友人の古関郁子《こせきいくこ》の長女の麻衣子《まいこ》が新婚生活を送っていた部屋である。

由利子が、この部屋を郁子に頼んで短期間借りたのは、先月、古関母娘と東京のホテルで昼食をした折に娘の麻衣子から懐かしい土地の名前を聞いたからだった。

子供に恵まれなかった由利子は、親友の娘の麻衣子を幼い時から可愛いがっていた。麻衣子も由利子を家族のように慕ってくれた。女子大を卒業し、就職した商社で知り合った男性と結婚し、すぐに夫が大阪に転勤になり、このマンションを購入した。ところが三年して、夫がニューヨークへ転勤になり、二人してアメリカへ移ることになった。

結婚してからの麻衣子に由利子は逢っていなかった。アメリカへ移る前にひさしぶりに食事をした。新婚生活の話を聞きながら笑っていた由利子に麻衣子が、海外赴任の間、大阪のマンションを賃貸に出そうとしているのだが、なかなか借り手が見つからないと話をはじめ、

「おばさま。その大阪の部屋からは天神祭の船渡御《ふなとぎょ》と花火が見えるのよ。それはもう綺麗なのよ」

と自慢気に言った。

「麻衣子、何を言ってるの。由利子おばさんは大阪生まれなのよ。天神祭のことなら、あなたより詳しいわよ」

郁子が言った。

「そうなの。じゃ誰かおばさまの知り合いに借りて欲しいな。知らない人だと部屋を汚されそうで……」

「それは不動産屋さんがちゃんとリメイクして返してくれるでしょう。由利子おばさんはご主人の一周忌が終ったばかりで、まだいろいろ大変なんだから頼み事をしては駄目よ」

郁子が麻衣子を窘《たしな》めるように言った。

「いいのよ。そんなこと気にしなくて……」

「ごめんなさい。でも天満の街も見渡せるし、大川の流れも情緒があって、結構眺めはいい部屋なんだけどな……」

天満、大川……という言葉を耳にして、由利子は胸の隅で何か音が響いた気がした。

その夜、由利子は阿佐ケ谷の自宅に帰ってからも胸のざわめきが続いていた。

夫の恭一《きょういち》と見合い結婚し、その時から、忘れ去るのだ、と一人の男との事を記憶の箱に閉じ込めて生きてきた。

十歳歳上の夫が、会社を定年退職し、子会社の顧問を数年務めた後、三年前に癌《がん》を患《わずら》っていることがわかり、去年の春に亡くなった。呆気ない最期だった。夫は、生真面目な性格で、見合いを承諾してくれた由利子を大切にしてくれた。子宝に恵まれなかったが、平凡であっても誠実な夫婦生活を送ることができた。それが由利子の希望だったのだから、夫にはこころから感謝している。しかし病室で息を引き取った夫の死顔を見ていた時、由利子は自分も夫も何かを我慢しながら生活をしてきた気がした。

それが何なのか、由利子にも正体がわからなかったが、今日の昼間、郁子の娘から、天満、大川、天神祭という言葉を聞いて、その正体がちらりと影を覗かせたように思った。

磯辺良一。その人こそが、彼女が身もこころも捧げようとした唯一の男性だった。

ひとつ歳下の磯辺良一と由利子が出逢ったのは女友達が好きになった相手が高校の野球部の選手で、その人の試合を観戦に行った日だった。女友達の恋人のチームは大敗した。その相手チームのエースが良一だった。

由利子は男の肉体がこんなに美しいものだということを良一を見て初めて知った。それまで他校の男子生徒から恋文らしきものを貰ったことは何度かあったが、由利子の気持ちが揺れ動くような相手はいなかった。

それが良一を一目見て、胸の動悸が高まったように切なくなった。これが恋なのだろうと思った。自分でも驚くほど積極的になり、良一の試合を一人で観戦に出かけ、女学生が屯《たむ》ろする天満の果物屋も覗いたりした。

声を掛けたのは半年後のことだった。

天神祭の船渡御の宵に偶然、天神橋の上で出逢った。由利子から声を掛け、交際がはじまった。由利子が十八歳で良一は十七歳の時だった。

身体を許したのは、年が明けての松の内に二人して福島の待合いのような旅館に入ってだった。抱かれるというより、由利子が良一を抱いた。良一は逞《たくま》しい身体をしていた。裸の良一に触れていると、由利子はこの上ない悦びを持てた。

神戸の大学へ通いはじめた由利子とひたむきに野球を続ける良一は互いの時間を作って、密会を続けた。二年目の春、由利子は妊娠した。それを知った良一は決定していた就職先の野球部の監督に事情を話すから、結婚しようと言い出した。

船場の老舗《しにせ》の問屋の次女に生まれ、何不自由なく育った由利子は、悩んだ末、良一に内緒で堕胎した。それを知った良一は落胆し、由利子を養えない自分の不甲斐なさを責めた。

ぎくしゃくしながらもそれでも二人の交際は続いた。そんな時に良一の勤めていた会社が倒産した。野球だけをしてきた良一は突然社会に放り出された自分の立場に戸惑い、不安になった。野球を失えば、自分が何もできないただの若者だとわかった。

天満の果物商の伜《せがれ》と船場の老舗問屋の娘では家の格が違う。それでも互いが惚れ合っていることだけはたしかだから、二人で生きていこう、と良一は由利子に打ち明けた。

二人は話し合った末、或る約束をした。言い出したのは良一の方からだった。

「天神祭の宵宮の夜、俺の家の軒に祭提灯《ぢようちん》が吊してある。その提灯の隣りに空風鈴《からふうりん》をぶらさげておくから、もし俺と一緒にどこへでも行ってくれるなら、そこに短冊でも紐《ひも》でも何でもいいから結んでおいてくれないか。その鈴の音を聞いたら、俺は家を出て天神橋の上で君を待っているから……」

どうしてそんなことを良一が言い出したのか、由利子にはわからなかった。強引に自分を連れて逃げてくれればついていくかもしれないのに、と思った。

由利子は宵宮の夜に〝近江屋〟へ足をむけなかった。それだけではなく、秋になると同時に神戸の大学から東京の大学へ転入した。

今にして思えば、つき合いの最初から歳上の由利子が良一をリードしていたし、良一にすれば自分の逃げ道を用意しておいてくれたのかもしれない。いや、そうに違いない。由利子が望めば、良一はどんなに無理をしても逢いにきてくれたし、嫌という言葉を一度も口にしなかった。

——私は、あの人のことが何もわかっていなかったのかもしれない……。

由利子は陽が少しずつ傾きはじめた天満の街と大川岸を見つめて呟いた。

——そろそろ出かけなくては……。それにしても、あの男はいったい誰なのだろう。

散歩に出かけ、一日目に〝近江屋〟があった店前にガラクタが路地に放り出されるように並んでいたのを見て、由利子は驚いた。おまけに店の主人らしき男の、風態の悪さに目を合わすことができなかった。

歳月が流れていくということは、こういうことなのだろう、と思った。それでも数日歩き回るうちに、すっかり様変わりしている本通りに比べると、〝近江屋〟のある路地には、由利子が娘の時代に見た、天満・天神の町の風情が残っていた。その名残りが良一がまだこの界隈のどこかに居て、あのはにかんだような笑顔を由利子に見せてくれるのではという気持ちにさせた。たとえ言葉を掛けることが叶《かな》わなくとも、しあわせにしていてくれるなら、それで充分だと思った。もしも淋しくしているなら、あの日の時間に戻ることはできなくても、せめて何も言わずに立ち去ったことを詫《わ》びたいと思った。しかしそれもこれも自分の身勝手で、今さら謝って済むものではない。それでも良一に一目逢いたかった。

由利子は自分の中にかすかに残っている女の性《さが》に呆《あき》れたように首を大きく横に振り、静かに立ち上がると、夕刻の散策へ出かけた。

由利子は飛翔橋を渡り、公園を抜けた。

いつもなら白球を追っている子供たちの姿もなかった。かわりに天満の方から囃子の鐘の音が聞こえている。国分寺を抜けるあたりから、家々の軒に祭提灯がぶらさがり、そこに「介福」「光徳」などの文字が記してある。

浴衣《ゆかた》姿の少女が二人、路地にしゃがみ込んで西瓜《すいか》を食べている。

——明日は東京へ戻ろう。

由利子は、そう呟きながら都島通を渡り天神橋筋に入った。軒下に吊した提灯が風にかすかに揺れている。やがて〝近江屋〟のあった路地角が見えた。提灯がふたつ軒にあるのが目に止まった。

——あんな風態の悪い男でも、やはり天満の男なのだ……。

由利子は少し男のことを見直しながら、いつものように店前に立ち、ガラクタを見回した。そうして提灯のぶらさがった軒を見上げた。提灯には「影向」と文字がある。少女の時から、この祭提灯の文字が何なのかわからなかった。祖母に訊いても、

「あれは読むもんと違うて、見るもんや」

と笑っていただけだった。

そんな昔のことを思い出しながら提灯を眺めていた由利子の視界に、盃《さかずき》を逆さにしたような黒い影が軒下に浮かんでいるのが見えた。由利子は一瞬、目をしばたたかせ、あっ、とちいさな声を上げた。膝が小刻みに震えはじめた。それはたしかに風鈴であった。

それも短冊が吊してない空風鈴だ。

――あの人は待っていてくれたのだ……。

由利子は震える唇を指でおさえて、店の者を探した。

「す、すみません。どなたか居てますか？　すみません」

返答はなかった。

ほどなくあの男が奥からあらわれた。

「何や？」

男のぶっきら棒な応対に由利子は息を止めてから、一気に声を出した。

「あの、軒の風鈴ですが……」

「あれか、あれは売りもんとちゃう。こっちの山の下に風鈴ならあったはずやさかい、勝手に探してくれるか」

「違うんです。あの風鈴はどなたが吊されたんですか？」

由利子が早口で訊くと、男は自分の顔を指さした。

「えっ、あなたが？」

「そうや。それがどないしましたん？」

「あの、実は……」

女は青田に妙な頼みをした。


奈津子が急に福島から良一を連れて車で戻ったのは、宵宮が終った、夜の十二時を過ぎた時刻であった。

夕刻までには大阪に着こうと早朝に福島を出たらしいのだが、夏の休みで道路がひどく混んでいて、こんな遅い時刻になった、と奈津子は疲れた顔で青田に言った。

車の移動で疲れたのか、良一はすっかり寝込んでいて、奈津子と二人で奥の蒲団に寝かせた。

「あんたもう一杯やってんのか。真面目にしてたんかいな？」

奈津子の言葉に、青田はぺこりと頭を下げた。

青田は日焼けした奈津子の顔を見た。よくよく見ると、奈津子はいい女だ、と思った。

「何を人の顔をじろじろ見て笑うてんのや。けったいなやっちゃな。それはそうと、あのツル、カメ、とうとうわからへんかったな。あんたわかったかいな？」

青田は半分口を開けたまま首を捻《ひね》った。

「そうやろな。うちがわからへんもんな。ほな、うちしばらく良ちゃんを見てるから飲みにでもいってきい」

青田は白い歯を見せて、右手を差し出した。

「何やの、その手は……」


徳本の店で一杯やっていると、奈津子は息を切らせて駆け込んできた。

「ちょっと、良さんがあんたを呼んでる。えらい身体に力を入れて、興奮してる。あんた、店の表へ出て、風鈴を睨《にら》みつけてる。早う来て……。様子がおかしいわ」

青田は徳本の女房の顔をちらりと見て、店を飛び出した。背後から奈津子たちの足音が続いた。

店前に着くと、良一が車椅子から乗り出すようにして、風鈴を見上げていた。その形相が異様で、青田の名前を呼ぶ時の、アアー、アアー、という声を絞り出し口から泡を飛ばしていた。

「良さん、何ですか？　あの風鈴ですか。あれは天神祭の時に良さんが軒にぶら下げてたんを思い出して、わてが吊したんですわ」

青田が説明しても、良一は赤児がだだをこねるように首を捩《よじ》らせて、風鈴を指さした。

「どうしたの？　良一さん……」

奈津子が心配そうに良一の手を取って顔を覗き込んだ。その奈津子の手を良一が払いのけた。奈津子は驚いて、良一を見返した。奈津子にそんなふうにする良一を青田は初めて見た。奈津子の顔が蒼《あお》ざめていた。

その青田の前に白い影が割り込んできて、

「良さん、あの風鈴の短冊のことか？」

と良一の耳元で徳本の女房が大声で訊いた。

良一が大きく頷いて女房を見上げた。

「あの短冊はな、さっき奈津子さんが結ばはったんや。良さんに宵宮のええ川風の音を聞いて貰おう言うて、奈津子さんが結ばはったんやで」

女房が赤児を諭《さと》すように言った。

うちそんなことしてへんで……、と小声で奈津子が囁《ささや》いた。はあっ、そうでっか、と徳本が奈津子を見て、女房に言った。

「おまえ、気でも違ったんか。何をわけのわからんこと言うな。良さん、すんません。こいつ阿呆《あほ》やし……」

徳本が良一に頭を下げようとすると、良一は今しがたまでの興奮がどこかへ失せて、ゆっくりと後を振りむき、なあー、なあー、と奈津子を呼んだ。奈津子が良一に近寄り、顔を寄せた。その奈津子の頬に良一の指が触れた。歪んだ指が日焼けした奈津子の顔を掻くようにしている。

「どうしたの、良さん。何を泣いてんの。そう、もう眠たいの。なら早う家に戻ろうな……」

奈津子は良一に頬ずりして、車椅子を押して家の中に消えた。その奈津子と良一の背中に徳本が、すんまへんな、うちの女房《やつ》がしょうもないこと言うて。堪忍したって下さい。こいつ阿呆やし……、と丁寧に頭を下げた。

夫婦は立ちつくす青田に、店で待ってるで、と声を掛けて、市場の方へ歩き出した。

「あんた、人のことをようなんべんも阿呆言うてくれたな」

徳本の女房の声が川風に乗って青田の耳に届いた。

青田は、あの女の妙な申し出を、どうしていいかわからず、徳本の女房に洩らした。女房は黙って話を聞いていた。なぜ、女房が、突然、良一に、あんな話をしはじめたのか、青田にはわけがわからなかった。それでも奈津子と良一が、あんなふうに仲良く寄り添う姿を見ることができたのだから、あの女房も案外と阿呆ではない気がした。

背後で風鈴がなった。

青田は風鈴を見上げ、店のガラクタに被せたシートから覗いた錆《さび》ついたゴルフのパターを引っ張り出し、風鈴を軒から外した。

落ちてくる風鈴を手で受け止めようとしたが、ぽろりと地面に転がった。拾い上げると鐘だけが手の中にあり、短冊と中金が取れていた。それが路地からの風に転がり、暗がりの中に失せていった。

青田は風鈴を手で握って、それをガラクタの中に放り投げ、夫婦の待つ店へ歩き出した。

やわらかなボール

闇の中に、橋の下を流れる瀬戸の汐音が聞こえていた。

今しがた背後を鈴の音を鳴らして自転車が通り過ぎていった。その気配が、むこう岸の闇に吸い込まれるようにして消えると、先刻より汐音は大きくなった。汐が勢いを増したのか、背中に吹きつける有明海からの風も強くなっている。

野洲次郎《のずじろう》は自分が立つ橋の上から水面まで、どのくらいの距離があるのかわからなかった。ほんの十数メートルのようにも思えるが、耳の底に響く重い汐音を聞いていると、水面までは、その何倍もあるかもしれない。酔っているせいで、五感が鈍くなっているのだろう。こんなに酒を飲んだのは何年振りだろうか。

十メートル、二十メートル、三十、五十……、と距離を口の中で呟《つぶや》いていると、一人の男の顔が浮かんできた。

大柄な体軀《たいく》なのに、妙に色の白い顔や手が初対面から印象的だった男で、サンフランシスコの郊外にあるサウサリートという海辺の街でギャラリーを経営していた。

二十数年前に一度逢ったきりの男だ。

「毎年、このゴールデンゲートブリッジの上から飛び降りる人が数人いるんです」

男は赤い橋を見上げることができる観光スポットの駐車場で海風に前髪を揺らせながら説明した。

「助かった者はいないのかね？」

野洲が訊《き》くと、男は、その質問を何度もされているかのようにちいさく頷《うなず》いた。

「この十年間で一人しかいません。それも若い女性で、飛び降りた瞬間、下を通過しようとした船の船員が目撃していて、すぐに救助にむかったので助かったそうです」

「そんなに助からないものかな……」

野洲が首をかしげると、男がすかさず言った。

「飛び降りて水面に着くまでに、ほとんどの人が意識を失うということです」

——ほう、意識をね……。

野洲は、その言葉を口の奥で呑み込んだ。

それ以上、何かを言うと、男の自慢気な話が続きそうに思ったからだ。彼は他人の話を聞くのが苦手だった。それは子供の頃からの気質《たち》で、母親や学校の教師から、もう少し相手の話を聞くものだ、と何度も叱られた。少年の時から頭の回転が速く、たとえ大人であれ、相手が何を言いたいのか、話の途中で察することができた。

「わかってるよ。……ってことなんでしょう。そんなこと言われなくとも」

少年の野洲が相手の話を遮《さえぎ》って、そう言うと、たいがいの大人は嫌そうな顔で彼の顔を見返すか、怒り出した。ましてや同じ歳頃の相手の話なぞまるで聞かなかった。さぞ可愛気のなかった子供だったのだろう、と思いはじめたのは、ここ数年のことだ。

——あの橋の説明をした男の名前は何だったか……。

顔ははっきりと浮かんでいるのに名前が出てこない。

サンフランシスコ——ゴールデンゲートブリッジ——サウサリート——色白の顔……、そこまで繋《つな》がっている記憶が男の名前のところで切断されてしまう。六十歳になろうかとするあたりで、記憶の糸があちこちで切れはじめた。もっとも二十数年前の冬、一日半ほどガイドをして貰《もら》っただけの相手である。名前を覚えている方が珍しいのかもしれない。

頭脳明晰。特に数字の強さと記憶力には自信があった。入社試験も会社はじまって以来のトップの成績だったし、同期入社の中で、真っ先に重役たちから注目され、出世も一番の人生を送ってきた。

早くから〝カミソリ野洲〟と呼ばれているのも知っていた。仕事で判断が立ち遅れる者を見ていると呆《あき》れてしまったし、腹が立つこともあった。入社三年目で異例の昇進をし、その年に副社長の娘を嫁に貰った。がむしゃらに働き重役まで昇った。何もかもが順調な三十八年間だった。それが突然、目の前に幕が下がってきたように舞台を失った……。

背後からの海風が音を立てはじめた。

――あの橋の説明をした男の名前……。

また記憶を辿《たど》ろうとすると、男の顔が笑い顔になって闇に揺れた。

「そんなに簡単に人間は意識を失うものかね……。人間はそんなにヤワなもんかな」

不満そうに言った野洲の言葉に男は白い歯を見せて得意気に話した。

「死のうとしている人ですからね。こっちの学者が言っていましたが、自殺を決心する精神状態というのは、あらかじめ決意していたのではなくて、死ねる状況に入った時、突然、湧き起こるものなのだそうです。だからいざ飛び降りた時には恐怖で気を失うそうです」

これほど一字一句、男の言葉を覚えているし、その時の得意気な表情を目にして、嘘をつけ、結局、それは自殺した当人が弱かっただけで、人間がそんなふうに突然死のうなんて思うものか、と相手に言いかけたことまでは思い出せるのに、男の名前が出てこなかった。

――やはり私は耄碌《もうろく》してしまったのか……。そうだとしたらあの人事も納得できるというものだ。

そう自分に言い聞かせようとした時、また耳の底に男の声が木霊《こだま》のように返ってきた。

「死ねる状況に入った時、突然、湧き起こるものなのだそうです。だからいざ飛び降りた時には恐怖で気を失うそうです」

――気を失ったまま死ねるのなら楽なものだろうな……。死ねる状況か……。

そう胸の中で呟いた時、野洲は、ひょっとして自分が、まさにその死ねる状況に立っているのではないか、と思った。

その時、足元から身体を持ち上げるような海風が吹き上げてきて、橋の欄干に両肘をついていた野洲の上半身が伸び上がった。彼は、あわてて欄干を両手で握りしめたが、爪先《つまさき》で立ったまま不安定な状態で欄干から身を乗り出していた。

――気を失ったままなら楽だろう。

野洲は同じ言葉をくり返した。

――そうか、こうやって人は死んでいくのか。あの男の言ったことは嘘じゃなかったってわけか。

彼は身体の重心がどちらにも移動できないまま宙に浮いているのを感じた。ただ目だけが橋の下で不気味な汐音を立てている水面をじっと見つめていた。

わずかに身体が前方へ乗り出した。彼はゆっくり頭を下方に落とそうとした。目を見開いた。

「何をしてるの？」

風の中に野太い声を聞いて、背中が急に引っ張られ、野洲は橋の上にあおむけに倒れていた。

視界の中に白いドレスを着た女と自転車が見えた。

「天草《ここ》の女の人が皆、私みたいに色が黒いわけじゃないのよ。こんなに黒いのは私だけだから、ハッハハハ」

宵の口、そう言って豪快に笑っていた女の姿が少しずつ思い出された。今しがた女の家の庭先にあった井戸で顔を洗うと、野洲はようやく酔いが覚めた。

縁側に腰を下ろし、濡れた指先でジャケットの袖をつまんで腕時計を見た。夜中の二時である。

ホテルを出て飲みはじめたのが夕刻の六時過ぎだったから、かれこれ七時間近く飲み歩いていたことになる。ふらりと訪ねてしまった島ゆえに解放されたのか……。そうではない。以前から、こうやってあとさきを考えずに酒を飲んでみたかったのかもしれない。

背後から差し込む灯りで庭がぼんやりと浮かび上がっている。ちいさな庭である。低い生垣に囲まれ、左手に二本の木、手前の右手に洗い場から突き出た井戸のポンプが黒い影となって、鳥が首を覗かせ嘴《くちばし》を伸した姿に映った。

先刻、女は橋の上で野洲の背中を摑《つか》んで、引き倒した。

「何をしてるの？　こんな所で……」

野太い声にてっきり男と思っていたら、あおむけに倒れた視界の中で女が野洲の顔を見下ろして言った。

「やっぱりあんた、宵の口のお客さんね。なんだか気になって引き返してみたら、妙なことをしはじめるんだから……」

女は呆れたように言って野洲に手を差し出した。手を握ると男のような力で引き起こされた。この力ならひっくり返されるはずだ、と思った。

「宿はどこなの？」

「…………」

野洲が宿の名前をすぐに思い出せずにいると、そんなに酔ったの、橋を渡ったら私の家だから、そこで顔洗って、冷たい水でも飲みなさい。タクシー呼んであげるから……。女はそう言って自転車を押して先に歩き出した。橋を渡って道を越え、細径《ほそみち》を少し歩くと、女の家があった。そっちから庭に入れるから、と女は顎をしゃくった。野洲が戸惑っていると、女はクスッと笑い、

「まさか私が怖いの？　取って食べやしないわよ、ハッハハハ」

と大声で笑い出した。

やや間があって女は手拭いを持ってあらわれ、水より酔い覚ましの味噌汁を飲ましてあげるわ、と奥に消えた。

妙な時刻に、妙な所に居る、と野洲は思った。

今日の午前中までは、博多にある系列子会社で業績説明を受けていた。惨憺《さんたん》たる内容だった。本社に報告される内容と誤差があるのは察していたが、これほどとは思わなかった。会社の態をなしていなかった。それもこれも野洲を含めた本社の経営の失敗が、そうさせていた。社長の座をめぐっての争いに破れ、系列会社への人事を申し渡された。左遷人事であることは承知していたが、人間で言うならほとんど死にかけている会社へ、少なくとも二ヵ月前までは本社経営陣の統轄責任者だった自分を送りこむとは思わなかった。

「野洲専務、博多は暖かいですし、ゆっくりゴルフでも楽しまれてはどうですか？」

寝返った取締役の一人が出張前に会社の廊下で出くわした時、言った。

「これで私を封じ込められたと思っているのか？」

野洲は相手を睨みつけて言った。

突然の役員会議の招集、野洲の解任、株主総会が終ってからの三週間、沈黙を通していた野洲の思わぬ言葉に相手は急に狼狽したように顔色を変え、いいえ、私はそんなつもりで、とあわてて立ち去った。

野洲は敗者になったことがなかった。常に勝者側を歩いてきた野洲の哲学には致命的な弱点があった。利益至上主義の商事会社において野洲の数字の強さは他を圧していた。数字が絶対であった神話は社会全体から崩れ出した。人間の怖さを読み切れなかった。

汐が引くように人が去っていった。側近も何もなかった。反撃のためのあらゆる手立てを試みたが、すでに時機を逸していた。何人かの知己であった大株主の下を訪ねたが、今の会社の経営責任は君にある、と言下に援助を断わられた。

「人間を見ていなかったのだよ、君は」

信頼を寄せていた大株主に言われた。

――馬鹿な、私に人を見る目がないだと。

言葉にはしないで、野洲は黙って引き下がった。

午後に、野洲は福岡から仙台へ行く飛行機を予約しておいた。

彼は、郷里の石巻に両親の墓参に行くつもりでいた。特別、法要がある年でもなかった。東京に戻っても野洲を待つ者は誰一人いなかった。

空港のターミナルに着くと、仙台行きの便は、隣りの第一ターミナルから出発していると言われた。主要便が発着する第二ターミナルから第一ターミナルはかなり離れていた。

彼は鞄《かばん》を手に空港ビルの外を木枯しに吹かれて歩きながら、権力の座から失墜するとは、こういうことなのだと思った。去年までは秘書が鞄を持っていたし、別の出発ターミナルに間違って着くこともなかった。

解任劇が終って、数日、自宅に籠《こも》っていた野洲が出社をしようとした朝、迎えにきたハイヤーの会社が変わっていた。顔見知りの運転手ではなくなった車に乗って、本社ですねと訊かれた時、野洲は逆上しそうになった。すべてのことが当然のごとく、野洲の身辺を様変わりさせた。彼はそれを辛いとは思わなかったが、そんな目に遭っている自分の姿を誰か知り合いに見られて憐情を抱かれることだけは許せないと思った。

第一ターミナルに着き、掲示板で仙台行きの出発時刻を見ると、便は四時間後の出発だった。何をやっているんだ、と腹立ちながら、野洲は待合ロビーの椅子に腰を下ろした。急に疲れが身体を襲った。昨夜、福岡にしては珍しく雪混じりの風が吹く中を歩いたせいで、少し熱っぽかった。

目を閉じると、吹雪の中に建つ生家の墓所と寺までの雪深い山径が浮かんだ。

――今、墓参へ行くこともないのか……。

彼はどうして急に両親の墓に参ろうとしたのか、その理由が思い出せなかった。

待合ロビーに女性のアナウンスが流れた。

天草行き１０６便は飛行機の到着が遅れ、搭乗手続きを四十分遅らせていただきます。

お急ぎのところ……天草行き１０６便は……。

野洲の閉じた瞼の裏に太陽がさんさんとかがやく南の海が浮かんできた。

――天草か……。どんな所だろうか。

彼は飛行機を変更して、天草行きの小型飛行機に乗った。


鳥影に似たポンプのむこうに火が点《とも》ったような赤い色彩がぽつぽつと見えた。

――何だろうか？

野洲は立ち上がり、ポンプの手前にあった小椅子に腰を下ろし、奥を覗き込んだ。生垣がわりになった濃い緑葉の間に赤い花が咲いていた。野洲は花の名前など知る男ではなかった。夜半に花が咲いていることさえ知らない。妻の久子が、偏執的と思えるほどに栽培していた庭のバラの花をゆっくり見つめたこともなかった。

「綺麗なものだ……」

彼は花びらに手を差しのべようとした。その時、人の気配に気付いて振りむいた。

女が盆を手に立っていた。

女は目を見張り、何か驚いたような表情をしていた。

「あっ、すまない。手を触れてはダメだったかな」

妻の久子からバラに触れてはいけない、と声を荒らげて言われてから、彼は花が苦手になっていた。

「いいえ、どうぞ摘《つ》んでいってもかまいませんよ」

女はあわてて言い返し、味噌汁、そこで召し上がりますか、と先刻と違って丁寧な口調で訊いた。


夢で目覚めた。

ここ一ヵ月の間に何度となく見た夢である。夢の中に男たちが出てきて、野洲をいたぶり、嘲笑《あざわら》う。相手が社長交替劇のライバルならわかるが、入社当時の上司や、学生時代の競争相手だったり、果ては少年時代の近所でデキの悪かった同級生だったりする。

いい気味だ。ざまをみろ。自業自得だ……と幼な友だちに、高校の同級生に、とっくに会社を去った上司に思わぬ悪態をつかれ、彼は狼狽し夢の中で逃げまどっている。彼はそれまでこんな情ない夢を見たことがなかった。

初めて、その夢を見た夜半、彼は喉の渇きを覚えて目を覚まし、台所に水を飲みにいった。顔を洗い水を飲んで、タオルを探そうとして、台所のテーブルの上に置かれた紙に気付いた。離婚届だった。冷たい文字が浮かんでいた。以前から妻の文字に違和感を抱いていたが、文字に潜んでいたものが冷酷さだったのだとわかった。夫婦の間は二十年以上前から冷えきっていたが、夫が失墜した時に離縁を申し出たのが妻らしくにも思えた。子宝にも恵まれなかったが、野洲も家庭を顧みなかった。久子は、戦前の財閥系の家柄の娘で、東北の港町の、しかも公務員の伜《せがれ》との婚姻に最初から乗り気ではなかった。それがわかったのは、結婚してほどなくだった。

朝食の時、味噌汁の椀に口をつけ、箸《はし》を入れて具を掻《か》き込んでいた野洲を見て、品のない召し上がり方をなさらないで下さい、と手伝いの女の前で、久子は平然と言った。

「こうして食べて何が悪い？」

「…………」

夫の言葉に妻は呆れた顔をした。以来、食事を共にしようとしなかった。

二人の溝が決定的になったのは、野洲が香港支店に一年半勤務した時の女性問題だった。現地採用した日本人女性が妻の下に離縁を迫る手紙を出した。執拗な女性の手紙と電話で妻はノイローゼになった。妻の伯父であった当時の社長が間に入って元の鞘《さや》におさまったものの、すでに夫婦とは表向きのことだけになっていた。

彼は離婚届に目を通し、台所を出て妻の寝室にむかった。数日前から彼女は実家に戻っていた。寝室も、彼女の部屋も見事に荷物が失せていた。呆然とした。いつの間に運び出したのか、気付きもしなかった。野洲は自嘲し、台所へ引き返して、離婚届に名前を書き込み、そばに置いてあった印鑑を捺《お》した……。

野洲は旅先にまであらわれた厄介な夢に嫌気がさして、大きく首を振った。ベッドサイドの時計を見た。朝の十時を回っていた。それでもこんな時刻まで寝ていたのはひさしぶりである。昨晩の酒が利《き》いたのか、疲れがようやく出たのかもしれない。彼はベッドから出て、カーテンを開いた。

いきなり強い光が当たった。目の前は海だった。昨夕、ホテルに着いてカーテンも開けずに食事に出かけていた。

彼が望んでいた南国の陽光である。

海を眺めているうちに、野洲は少しずつ気持ちが落着いてきた。少し頭痛がするのは酒のせいだろう。バスルームに行こうとするとテーブルの上にメモ書きが置いてあった。

見慣れない文字だった。細い右上りの文字は女性のものだ。

『不知火海《しらぬいかい》―龍ケ岳町。第一映劇―本渡市
菜の花―栄町23―×××　佐藤フジエ』

文字を追っていくうちに、最後の名前で昨晩の女の顔がよみがえった。

「私、あなたが海に飛び込んじまうんじゃないかと思ったの。そうなの？　風にあおられてつんのめったの。間が抜けてるわね、ハッハハハ」

女の笑い声が耳の底に響いた。

十年前に亭主を亡くし、独り暮らしだと女は言っていた。豪快な笑い声とは対照的に笑顔には愛嬌があり、都会では見かけなくなった粗野とも思えてしまう純真さがあった。しっかりした体格のせいではないが、野洲が天草にきた理由をつい女に話したのは、安堵のようなものが女から伝わってきたからだった。

「……そうなの。何もかもなくなってしまったってことなの。でもあなたが元気なら、これからよ。ずっと上手《うま》くいく人はいないわ。上手くばっかりいく方がおかしいもの。誰だってやり直しの連続だわ。少し休んで、またやり直せばいいのよ」

「私はもう歳だよ」

「何歳《いくつ》なの、六十になったばっかり？　何が歳なの。天草じゃ、七十歳過ぎてもまだ海へ出てる男はたくさんいるわ。子供だって作れるんだから、ハッハハハ」

野洲も女の言葉につられて笑い出した。

「あら、笑うと可愛いわね。ハッハハハ」

——どうしてあんなに陽気なのだろうか？

野洲は、あの女と二人で居た、つかの間の時間が妙に楽しかった。声を出して笑ったのもずいぶんとひさしぶりに思えた。

部屋の電話が鳴った。フロントからでチェックアウトを尋ねる電話だった。一泊のつもりでチェックインしていた。彼は女の書いたメモを眺めながら、もう一泊できるか、とフロントに訊いた。


——ずっと上手くいく人はいないわ。

女の言葉を思い出しながら、野洲は不知火海の彼方に霞んで連なる阿蘇《あそ》の峰々を眺めた。

「運転手さん、天草の女性は情があるね」

「お客さん、何かよかことがあったとですか」

「いや、そんなんじゃないが」

「別に天草でなくとも、女は皆情があるとでしょう。男ができんことを女はやりますからね。えらいもんです。案外と男の方がたいしたことはしきらんかもわかりませんね」

運転手は龍ケ岳の山腹へ行き、椿の花を見せてくれた。

椿の花を見て、女の家の庭に咲く花が浮かんだ。

——私は淋しがっているのかもしれない。

野洲は、そんな感情がまだ自分の中に残っていたのが意外だった。

陸風とも海風ともつかぬ風が、背後から野洲を抱いた。振りむくと一面に、蜜柑《みかん》畑が冬の陽にきらめいていた。風にのってきた甘酸っぱい香りに彼は目を閉じた。

陽が傾きはじめて本渡市に戻り、女が教えてくれたように、島で一館だけの映画館に入った。

風情がある映画館と女が言っていたとおり、垂れ幕、二階の桟敷《さじき》席、椅子《いす》までが懐かしい香りが漂う館だった。客は野洲一人だった。古いヤクザ映画を上映していた。

彼は少年の時、石巻の町で初めて映画を見た日のことを思い出した。中学生だった姉と二人で映画に行った。大人たちの煙草の煙りがむせる中で姉は、夢中でスクリーンを見つめていた。

——そうか、墓参は両親ではなく、姉の墓参りをしようと思っていたのだ……。

姉の美里は中学生の時に病死していた。嫌な夢を見はじめた時、夢の中で姉だけが救いの手を差しのべてくれた。

姉はいつも野洲のことを気にかけてくれた。最後に病院へ見舞いにいった時、姉は、蜜柑をむいて、少年の野洲に食べさせてくれた。

背後からせわしない足音が近づいて野洲のシートの隣りに女が腰を下ろした。佐藤フジエだった。暗がりの中でフジエは白い歯を見せた。

「よかったわ。まだ居てくれて……」

フジエはそう言って野洲の二の腕を軽く叩いた。

フジエは映画に出演している俳優が贔屓《ひいき》らしく、何度も俳優の名前を呼び、出入りのシーンなど、健さん、うしろからきたわよ、と大声を上げ、女優との別離のシーンなど大粒の涙を拭《ぬぐ》っていた。考えてみれば女性と一緒に映画を見たのは、姉の美里と、このフジエの二人きりだった。

映画の後、鮨屋へ行き、フジエの店の〝菜の花〟へ行った。アルバイトの女の子が先に店に入ってくれていた。

「悪かったね、ユウちゃん。はいお土産品《みやげ》」

その夜は、馴染みの客が二組やってきて早々に帰り、十二時前にアルバイトの子も引き揚げ、あとはフジエと二人になった。

野洲は時計を見た。そろそろ礼を言って宿に戻るべきだ、と思った。

「酔った方がいいのかしら……」

フジエが甘えたような声で言って、カウンターを出て店の看板を仕舞った。

彼女は野洲の隣りに座り、二の腕に頬を寄せて酒を飲みはじめた。彼は黙ってしたいようにさせておいた。

二人は店を出て、あの橋を渡り、フジエの家へ行った。玄関から中に入ると、フジエがしなだれかかってきた。野洲は三和土《たたき》に足を取られながらそこでフジエを抱きとめた。

湯を入れるから、と言うフジエを、彼は居間に座って待った。よく掃除が行き届いた部屋だった。仏壇があり、そこに笑っている男の写真が飾ってあった。

案内された風呂はちいさかったが、身体はよくぬくもった。脱衣籠《かご》に用意された寝間着を着て、居間にむかうとすれ違いざまに、休んでいて、と言ってフジエが風呂に行った。

居間の灯りが豆電灯にかわり、蒲団が敷かれ、仏壇は扉が閉じてあった。

フジエを待ちながら野洲は、仏壇の写真の男のことを考えた。

どんな男だったのだろう……。

足音が聞こえて、野洲は居住いを正した。フジエは野洲の前に少女のように正座して、ぺこりと頭を下げて白い歯を見せた。彼は会釈と微笑の意味をどう解釈していいのかわからず同じように頭を下げた。互いの目を見つめたのはほんの一瞬で、どちらからともなく上半身を寄せ、蒲団に倒れた。

豊満な身体だった。フジエの身体には野洲の身体を跳ね返すような勢いがあったが、野洲の乱れていた呼吸にフジエが動きを合わすようにしてくれて、二人はぎこちないままゆっくりと交情した。

野洲が果てた時、フジエもややあって、ちいさな声を上げた。

船の汽笛が聞こえた気がした。

「君は何歳だ？」

「四十四歳です。もうオバチャンだから」

「そんなことはない」

「私、こんなことはいつもしてるわけじゃないんです」

「わかってる」

「……昨晩、酔ったあなたが庭先で山茶花《さざんか》に手を伸ばしていたでしょう。そのうしろ姿が亡くなった主人に似てたんです。歳もふた回り上で、生きていればあなたのような感じになっていたかなって……。だからといってこんなふうにしたのではないんですよ。あなたはまるで違う人だったんです。……淋しかったんです、私……」

「それは私も同じだ」

「もう少しこうしてていいですか」

フジエは言って野洲の胸元に頰を寄せた。

フジエのぬくもりが伝わり、髪の匂いが漂ってきた。

「私、女にしては骨太でしょう。若い時にソフトボールをやってたんです。熊本にあるデパートのチーム。毎日、明けても暮れても練習と試合ばかりをやってました。恋は一度きりでした。主人とです。主人はソフトボール部の監督だったんです。主人には奥さんと子供がいました。それでも恋に堕ちてしまって……」

二人が男と女の関係になって半年経った時、突然、アパートに相手の妻があらわれた。〝泥棒〟と怒鳴られ、罵られた。フジエは自分が消えるべきだと思った。チームメイトからも冷たい目で見られた。

「レギュラーじゃないっていうか、私、ソフトボールがあまり上手くなかったんです。それで監督さんに、私が出ていきますと打ち明けにいったら、監督さんが、いや主人が、二人でどこかの町にいって生きようと言ってくれたんです。私、それはできないと言いました。主人は名監督と言われていましたし、チームも全国大会で優勝したチームだったんです。でも主人はチームも家庭も捨てて、私を連れて熊本を出たんです」

天草に帰ったのは十年前だと言う。夫が癌を患っていた。すでに手遅れとわかり、故郷の海を見て死にたいと言う夫を連れて、熊本と海を隔てた天草にきた。

「今日、あなたが行かれた龍ケ岳町です。主人は最後に不知火の海と阿蘇の山を見て亡くなりました。私がここに移って、本渡で働き出したのは二年前のことなんです。ごめんなさい。変な話をしてしまって……」

そう言って、フジエは目をしばたたかせた。

「そんなことはないよ。君もいろいろあったんだね」

野洲の言葉にフジエの瞳は過ぎていった時間を見つめているかのように、じっと動かなかった。

「でも辛くはありませんでした。最初の内はいろいろ悔みました。主人がアパートで考え事なんかしてると、熊本のことや奥さんやお子さんのことを思い出して、私と逃げたのを悔んでいるんじゃないかって……。それは違っていました。主人が亡くなる前に、私に打ち明けてくれた言葉で、この人と一緒に居られて良かったと思いました」

フジエがようやく笑った。

「それは良かったね」

「ありがとうございます。お茶か何か入れましょうか?」

フジエが顔を上げて野洲を見た。

「いや、君の話をこうやって聞いてる方がいいよ」

「本当ですか?　野洲さんはやさしいですね」

「私が?　そんなふうに言われたことは一度もないね。君は本当の私を知らないからだ」

「いいえ、私、わかるんです。世の中のことはほとんどわかりませんが、人の根のようなものは見る自信があります。それも主人に教わったんですが……」

「ほう、人の根ですか?」

「そんな言葉はありませんか」

「いや、変な言葉じゃないよ」

「主人は私が想像してたとおり、関東まで二人で逃げてきて、何度も悔んだそうです。私に土下座して熊本に戻ろうかと思ったらしいんです。新聞でソフトボールの成績を見ると、身体が動きそうになって、私と居るのを悔んだ、と言いました。でも別れなかったのは、私が半人前だったからなんです。選手の時もそうでしたが、駆け落ち相手としても半人前だったんです」

そこまで言って、フジエは急に真剣な目になった。

「主人は最後まで私にやわらかなボールを投げてくれていたんです」

「やわらかなボール？　何のことですか」

「キャッチボールですよ。野球はあまり詳しくありませんか？」

「あまりね。けどキャッチボールくらいはわかるよ」

「そのキャッチボールですが、あれは最初、やわらかなボールを投げ合うんです。相手が受けとり易い」

「そうなんですか？」

「はい。それがキャッチボールの基本です。やわらかなボールを相手の胸元に投げるんです。相手も同じように投げ返して、そうして少しずつ離れていって速くて強いボールを投げるように練習するんです。一方的に強いボールを投げて相手が受け止められないのは、キャッチボールじゃないんです」

「…………」

野洲はフジエの話そうとすることが、よく理解できなかった。

「私にも悔みはあります。でも、この頃、悔みがあるから自分は少しやさしくなったんじゃないかとも思えるんです。人の根って失敗したり、敗れたりして、悔みを持つことで育つもんじゃないでしょうか」

野洲は、フジエの横顔を見た。フジエは天井を見つめていた。豆電灯の灯りにも、その目がかがやいているのがわかった。

美しい横顔だ、と野洲は思った。野洲の視線に気付いて、フジエが黒い瞳をむけた。野洲はフジエを引き寄せ背中に手を回し、

――人の根は、悔みで育つか……。

と胸の中で呟いた。

フジエは胸の中に顔を埋めたまま動かなかった。体温がゆっくりと伝わってきた。身体が少しずつ穏かになっていく。

――悔みじゃなくて、このぬくもりからその人は、離れられなかったんじゃないのか。

野洲はそんな気がした。

やわらかなボールというのは、どんなボールなのだろうか。フジエが言うようにやさしい気持ちで投げられたボールなら、自分でも受けとれるかもしれないと思った。いや、自分にも投げられる気がした。

「あの、やわらかなボールのことだけど……」

野洲が囁《ささや》くように声をかけた。

返事は返ってこなかった。かわりに豪快な寝息が聞こえ出した。

野洲は目を細めて、フジエの背中に蒲団をかけた。すると胸板に置いたフジエの指先がぴくりと動いた。野洲はフジエの髪に頬を寄せた。蜜柑の匂いに似た甘酸っぱい香りがした。彼はこれと同じ香りをどこかで臭《か》いだ気がしたが、瞼が重くなって、ゆっくりと顔を沈めた。

雨が好き

「ラグビーをしてた人って、なんだか子供っぽいのね」

台所で枝豆を枝から剝《は》ぎ取りながら芙美子《ふみこ》が言うと、母の淑子《よしこ》が豆取りの手を止め、何かを思い出すかのようにちいさく頷いた。

「そうね。粕谷会長さんなんか純朴で、少年みたいなところがあるものね」

「本当よ。私、驚いちゃった。献盃の挨拶で、突然、泣き出すんだもの。泣きながら、こんな献盃をしていたら花岡君《とうさん》に叱られてしまうって、今度は笑いながら泣いてるでしょう。慎一にあのおじいちゃん、泣いてるの？　笑ってるの？　って訊かれて何て説明していいのか困っちゃったわ」

芙美子は、三日前の午前中に中通のホテルの一室で催された父、花岡慎太郎の三回忌の法要での、粕谷徹也の献盃での姿を思い浮かべた。

「粕谷会長さんは、父さんのことを自分の息子のように思っていらっしゃったから……。

あんなふうに感極《かんきわ》まられたんだと思うわ」

淑子は口元に笑みを浮かべたが、思いやりのある夫の友人たちの姿を思い出したのか、一瞬、目をしばたたかせた。

芙美子は、あの時、母が目頭《めがしら》をおさえていたのを見ていた。大粒の涙が一滴、指間からテーブルクロスに零《こぼ》れ落ちた。母は涙のシミをそっと隠していた。

娘の目から見ても、母は気丈な人であった。父が食道癌で入院し、二ヵ月余りの闘病生活で亡くなった時も、人前で嘆き哀しむ姿は一度たりとも見せなかった。母が元々、気丈な性格の女性だったかは芙美子にはわからない。ただ母が花岡の家に嫁ぐ折、祖母のトキエから嫁入りを猛反対された話を母方の叔母から聞いたことがあった。それでも父は強引に母を家に入れ、二人の確執は矢留町《やどめまち》界隈でも有名であった。東京に嫁いでいる芙美子の長姉の敬子は、祖母の母に対する苛《いじ》めとしか思えないようなやり方に、彼女がものごころついてからいつも腹を立てていた。

父の法要に出席し、昨日、東京へ戻っていった敬子が、法要の前の身内だけの墓参の帰り道に、慎一の手を引いて言った。

「祖母《おばあ》ちゃん、少し歳《とし》を取ったわね」

「そうかしら……」

前を歩く淑子の肩越しに見えるトキエのうしろ姿を見て、芙美子は姉が言うように祖母が少しちいさくなったように感じた。

「……そうね。そう言えば、この頃、祖母ちゃん、母さんにもやさしくなったようだものね」

「どこがやさしくなってるのよ。こうして母さんや私たちをお伴《とも》みたいに引き連れて歩いてさ。何ひとつ前と変わっちゃいないじゃないの。見なさい、母さんの恰好を。祖母ちゃんの召使いじゃないのに、あんなふうに祖母ちゃんの様子を窺《うかが》いながらうしろをついて歩いてさ。可哀相よ。あんたは相変わらず鈍いわね」

敬子の言葉に芙美子は舌先を仔犬のように出して、首を竦《すく》めた。芙美子が敬子ほど祖母に悪い感情を持ってないのは、花岡の家の中で亡くなった父と芙美子だけが、祖母と気軽に話をする仲だったからだ。とは言え、敬子が時々、呆れるほど、芙美子は呑気というか、物事に無頓着なところがあった。

「慎一君、そんなピンクのシャツ着せられて、女の子と間違えられないの？　男の子なんだから嫌なら嫌って言わなきゃダメよ」

敬子が慎一に言うと、前を歩く母が敬子を振りかえった。眉間に深い皺《しわ》が見えた。母が娘たちを窘《たしな》める時の表情だった。

芙美子が敬子に耳打ちした。

「そのシャツは祖母ちゃんが買ってくれたものなの……」

今度は敬子が舌先を出し、芙美子に囁《ささや》いた。

「ねぇ、これで慎一が女の子なら、これって女ばかり四代が順番に並んで歩いてるってことになるわね……。先頭のお方が八十七歳で、母さんが五十五歳か。私が三十歳に、芙美子は二十七歳になったんだっけ？」

敬子が芙美子の歳を訊こうとした時、慎一が声を上げて、墓所の奥を指さした。

「ジィジィの花」

寺の墓所の奥、本堂裏手の甍《いらか》の先から薄桃色の吊し灯籠《どうろう》がかかったように、北国の遅咲きの八重桜が美しい花を五月の薫風に揺らしていた。花岡家の四人の女は、その美眺にしばし目をやっていた。そうしてトキエと淑子が同時に慎一の方を振りむき、笑って頷いた。

サクラ好きであった慎太郎のことを、五歳の子供が覚えていたのに、それぞれの女が違った感慨を抱いていた。

枝豆を枝から取り終えると、淑子は、それをボールに入れ、風の通る台所の窓辺に晒《さら》した。

芙美子は淑子の隣りで、少し緑に染った指先を水で洗いながら言った。

「慎一も何か運動をさせようかしら。法要を見てるとラグビーも悪くはないなと思ったけど、でもやっぱり今は、サッカーがいいのかな。中田選手みたいに稼いで貰《もら》って、私も健一を日本に置いて慎一とイタリアに住んだりして……」

「そんなふうに言うもんじゃありません。あなたたちのために単身赴任で働いてくれてる健一さんに失礼でしょう。独りで淋しいでしょうに……」

淑子が、今春から東京の本社へ転属になった芙美子の夫の健一を気遣った。

「そうかな。あれで健一は結構、順応性があるから、今頃、合コンなんかに出て、楽しくやってるんじゃないかな」

「心配なら、早く健一さんの処へ行った方がいいんじゃないの」

「それが心配したことはないんだな。私、こう見えても健一のことはよくわかってるの。ねぇ、母さんはやっぱり慎一には父さんのようにラグビーをやって欲しい？」

「ラグビーでも何でもいいと思うわ。運動をしてると身体が丈夫になるものね」

「そうよね。それに女の子にモテるしね。母さんも父さんのラグビーのジャージ姿を見て惚れたの？」

「さあ、どうでしょうね」

「そうだ。祖母ちゃんに相談してみようかな……」

「よしなさい。自分の子供のことは母親のあなたが決めればいいの」

トキエの名前を出した途端に淑子の顔が険《けわ》しくなった。

「あらっ、祖母さん、戻ってこられたわ」

母は玄関の方へ顔をむけてから、枝豆を茹《ゆ》でる鍋の火を細めて玄関の方に走り出した。

足音が聞こえるわけではないのに、母がどうして祖母が家に戻ってきたのかがわかるのか、芙美子は子供の頃から不思議でしかたなかった。玄関先で祖母と同伴して出かけた人の声や車のエンジン音がするのならわかるが、芙美子には何の気配も感じられないのに、母には祖母の動きがわかるらしい。それは祖母も同じで、少女の頃、芙美子はよく祖母と二人で散歩に出かけた時期があったが、途中、俄雨《にわかあめ》に降られて、神社の本殿の軒下や寺の堂の隅に立っていると、煙る雨のむこうに母の姿が見えていないのに、祖母は芙美子に、迎えにきたぞ、声を掛けてやりなさい、と言った。そうすると雨の中に母が傘を手に歩いてくる姿があらわれた。家の庭先に居る時も同様で、花壇で花のつくろいをしていた祖母の手が急に止まると、背後に母が歩いていた。そんな二人を見ていて、時々、芙美子は母と祖母は本当は仲が良いのではないのだろうか、と考えることがある。それでも普段、家の中での二人の様子をずっと見てきて、二人が気軽に声を掛け合ったり、笑って話す姿は一度も目にしたことはなかった。敬子が言うように、祖母が母にそこまで冷たい言い方をしなくともよかろうに、と思う容赦ない口調や厳しい態度をとる現場を、芙美子も何度か見ていた。父は二人の関係を黙って見過ごしていた。高校生になった敬子が父の態度に文句を言ったことがあった。それを知った母は敬子を珍しく叱りつけた。

「祖母さまのことで、二度とそんなことを口にしたら許しませんからね」

あとにもさきにも敬子と芙美子が母が本気で怒るのを見たのは、その時だけだった。

芙美子はボウルの中の枝豆の緑色を見つめながら、顳顬《こめかみ》に青筋を立てて姉を叱りつけた母の顔を思い浮かべた。

廊下を歩く祖母の足音が聞こえてきた。

たしかに姉の言うように祖母の足音は、どこかはかなくなったように思える。放りっぱなしにしておいた風船のように、人の中身も時間とともにどこかへ失せてしまうのだろうか。

芙美子は祖母の部屋のある東の庭に面した奥の間にむかった。母が茶を出して戻ってきた。

「少し疲れてらっしゃるからね」

母は暗に長居をするなと告げた。

障子越しに声を掛け、返答があったので中に入ると、祖母は庭側の障子戸を開け、そこに座って茶を飲んでいた。

「浄瑠璃《じょうるり》はどうだった？」

浄瑠璃の公演を観劇してきた祖母はこくりと頷《うなず》いて、顎をしゃくるようにして芙美子に庭先を見るよう促した。人に何かを見るようにしむける時にやる祖母の癖であった。

芙美子は祖母の傍らに座り、庭先を見た。築山《つきやま》の下の満天星《どうだん》が白い花を咲かせているだけで何もかわったものはない。何を見ろ、と言っているのだろうか、と上空に目をやった時、黒い影がひとつ右手から舞い降りてきて、池の水面を這《は》うようにして左上方に昇った。美しい流線型の飛翔は、毎年、この季節に海を渡ってくる燕だった。

「あらっ、今年も燕が来たのね」

「何羽いるかね」

祖母が訊いた。

「一羽っきりみたい」

芙美子は、この頃、祖母の目が悪くなっているのを知っていた。

「もうすぐ降るよ」

「そう。あとどのくらい？」

「三十分もすれば降り出すよ。本降りになる」

祖母は雨のことを口にしていた。

雨の気配を敏感に察する人だった。雨が降りはじめる時刻や雨の降り加減も言い当てた。祖母は降る雨をじっと眺める癖があった。

あれは、芙美子が六歳か、七歳の夏の初めだった。その日、親戚の葬儀で母は姉を連れて泊りがけで実家へ出かけていた。夕食の後、祖母が、今夜は一緒に休もう、と言った。父も許してくれて、芙美子は祖母の部屋で寝ることになった。姉と二人の子供部屋と違って、祖母の部屋はがらんとして天井も高く、どこか怖い気がした。目を開くと、闇が深く思えて寝付けなかった。祖母はそれを知ってか、闇の中で声を掛けてくれた。

「芙美子、もうすぐ雨が降り出すぞ。面白いから少し庭を見てみようか」

「うん」

二人はごそごそと蒲団《ふとん》を這い出た。祖母は雨戸を開け、濡れ縁に出た。すると東の庭が急に明るくなった。庭の中央にある水銀灯が点《とも》った。芙美子は皓々《こうこう》とかがやく光に浮かび上がった夜の庭を見るのは初めてだった。

「綺麗《きれい》……」

芙美子は思わず声を上げると、祖母は笑って、綺麗だね、と呟《つぶや》いてから、

「雨が降ると、もっと綺麗になる」

と楽しそうに言った。

「ほれ、耳を澄ましていてごらん。最初の雨の一粒がどこへ落ちてくるかがわかる。葉に落ちたら葉音がする。池に落ちれば水音がする。砂利に落ちれば、それなりの音が聞こえてくる。今夜の雨はたぶん美しい……」

「そうなの？」

開け放った障子戸から祖母と二人で首を出し耳を澄まして庭先を見ていた。

やがて雨音が聞こえた。

「あっ、聞こえた」

芙美子が池の方を指さすと、祖母は嬉しそうに頷いた。雨は次第に庭を濡らし、銀色の紗幕を張り詰めたように庭全体を美しい色彩に染めていった。きらめく夏の夜の雨だった。時折、風が吹き寄せると、まるで生きているように光が右に左に揺らぎ、水音が大きくなったりちいさくなったりして耳にひろがった。

芙美子の中に、祖母と見つめた夜半の雨は、美しい記憶となって今でも鮮明に残っていた。

ひさしぶりに祖母と二人で、雨を眺めるのも悪くない、と芙美子は思った。

「慎一はどうしたね？」

「今日は午後から健一さんの義母《おかあ》さんと男鹿《おが》の方へ行ってるわ」

「そうかね……。健一さんは元気にしているかね？」

「ええ、仕事が忙しくて、お父さんの法要も海外出張をしていて、帰ってこられなかったくらいだもの」

芙美子の言葉を祖母は黙って聞いていた。

ひんやりとした風が二人が佇《たたず》む屋敷に流れ込んできた。低い雨雲がひろがっている。

芙美子は雨が降る直前の、この独特の空気が好きだった。どこからともなく吹き寄せた風が、芙美子の肌を、皮膚を撫で、身体の芯《しん》のような部分にひんやりとしたものが走り、視覚、聴覚、嗅覚までが敏感になってくる。海辺に立っていれば水平線を、街中なら地平線、山の稜線が輪郭をくっきりとさせ、重みを感じる。目に映るひとつひとつの色彩が、たとえば木の芽の葉色が、水面の色が、屋根瓦の光沢までが、深く、濃く、色みを増していく。陽差しの中では、それぞれの光彩にまぎれていたものが、本当の姿を見せはじめる気がする。

そうして風が止まった時、水の匂いがどこからともなく漂ってくる。雨の匂いである。

その匂いを感じたと同時に、雨音が聞こえ出す。それが祖母の話してくれた、雨のはじまる音色だった。

「降ってきたわ」

芙美子が言うと、祖母はゆっくりと庭を見回した。楓葉《かえでは》に零れ落ちた音。池の水面に跳ねた音、石灯籠《いしどうろう》に当たる音……。それぞれが微妙に違った音をしている。

二人はしばし雨音に耳を傾けていた。祖母が言うように雨は本降りになった。

「大丈夫かしら慎一たち……」

芙美子は雨空を見上げて言った。

「大丈夫ね、車で出かけたんだもの。義母さんは用心深い人だし……」

祖母は何も言わずに雨を見つめている。

「ねぇ、祖母ちゃん。慎一のことだけど……、私の話、聞いてる?」

祖母がかすかに頷いた。

「慎一に何かスポーツでもやらせようと思うんだけど、やはり父さんと同じラグビーがいいのかしらね。この街は昔からラグビーが盛んだし……。でも、私、慎一には父さんとは違ったスポーツをして欲しいな。たとえば今ならサッカーとかね」

「……球《きゅう》はどうだろ……」

祖母がぽつりと呟いた。

「えっ、今、何って言ったの」

「野球ですよ。野球はどうだろうね」

「野球？　祖母ちゃん、野球なんかに興味があるの、驚いた」

「ええ、ちゃんと知ってますよ。私が生まれた年にね、秋田中学が全国中等野球大会で準優勝したのよ」

「中等野球って？」

「今の甲子園大会よ」

「えっ、あの高校野球で、秋田が準優勝したの？」

「そうよ。第一回大会で秋田中は京都二中と決勝で戦ったのよ。延長戦で負けたらしいけど……」

「へえー、初めて聞いたわ。私、高校生の時、野球部に好きな人がいたの」

芙美子が言うと、祖母は庭から目を離し、孫娘の顔をまじまじと見つめた。

「嫌だ。祖母ちゃん、そんな目で見ないでよ。私にだって恋の思い出はあるのよ」

「その人のポジションはどこなの？」

「ポジションなんて言葉を知ってるの？」

芙美子が目を丸くした。祖母が珍しく白い歯を見せて笑った。そうして台所がある背後の様子を窺うようにして小声で言った。

「私の好きな人も野球をしていたんですよ」

「本当に？　それ祖父《おじい》ちゃんのこと？」

祖母は首を横に振った。

「もしかして祖母ちゃんの初恋の人？」

芙美子の質問に、祖母はちいさな瞳をくるりと動かし、少し首をかしげた。

「ひょっとして、訳《わけ》ありの恋愛？」

今度は唇をすぼめるようにして、上瞼を閉じた。

「すごい……。私の好きな人はピッチャーだったわ」

芙美子がボールを投げる仕種《しぐさ》をした。

「祖母ちゃんの相手の人は？」

祖母が左手をひろげて、右手の拳でてのひらを叩くようにした。

「ほうっ、キャッチャーですか」

祖母が嬉《うれ》しそうにうなずいた。

「ヨオッシ、慎一には野球をさせましょう」

そう言って芙美子は祖母に右手を差し出した。祖母は孫娘の手を握り返して笑った。

七月、すでに梅雨に入り、秋田の空は雨雲に覆われる日が続いた。

慎一はグローブを手に濡れ縁にしゃがんで恨めしそうな顔で空を見上げている。先刻、家の中でボールを投げてはいけない、と叱ったせいか、慎一の頬が不満そうにふくらんでいる。

芙美子は息子の背後に光る雨を見ながら受話器から流れる夫の声を聞いていた。

「ええ。あなたが言ってることはよくわかるわ。私も、それが一番いいと思うわ。でも慎一はもうすぐ六歳になるのよ。来年は小学校に行かなきゃいけないわ。あの子にとって大事な時だし、それに見も知らない国で、言葉も話せない私たちが行って、あなたの足手まといにならないかしら……。ええ、わかったわ。ともかくよく考えてみるわ。母さん？ 元気よ。祖母ちゃんも変わらない。そうそう、慎一が野球をはじめたのよ……。まだゲームなんかは出られないわ。それでも慎一、すごく野球が好きみたい。この間も、斉……、いや、ともかく夢中になってるわ。ええ、じゃ連絡を待ってるわ」

芙美子は思わず斉藤真人《さいとうまさと》の名前を健一に言い出しそうになった。

濡れ縁から慎一の姿が消えていた。降りしきる雨の中に古井戸のそばの紫陽花《あじさい》が淡い紫色を浮かべている。揺れる色彩に斉藤真人のはにかんだような顔が重なった。雨垂れに揺れる真人の瞳を見ていると、芙美子は胸の隅にかすかな痛みを感じた。狂おしくて、切ないような感情を抱くのは、ひさしぶりのことだった。

自分でも、どうしてあんなに大胆な行動を取ってしまったのかよくわからなかった。ただ真人の顔を見た瞬間、身体の中から失せたと思っていた熱のようなものが湧き上がってきた。

五月の下旬、慎一を連れて入ったスポーツ用具店で真人は働いていた。

「斉藤さん、こっちに戻っていたんだ？」

「もう四年になるかな」

「そうなの……。あっ、ごめんなさい。この子、私の息子で慎一って言うの。野球をさせたくてグローブを買いにきたの」

「こんにちは、慎一君。野球が好きなのか」

真人はしゃがみこんで、慎一に笑いかけた。かつて自分が恋していた人が息子の肩に手をかけている。

「よくわからない……」

慎一は小首をかしげて言った。

「そうか。野球は面白いぞ。サッカーやラグビーも面白いけど、やっぱり野球が一番だと、僕は思うな」

真人は慎一に子供用のグローブとやわらかなボールを選んでくれた。

「どんなところで練習をすればいいのかしら。まだ五歳だし、少年野球チームには入れないでしょう。主人は単身赴任で家に居ないのよ」

「じゃ、今日の夕方にでも僕が相手をしてやるよ」

「本当に？」

その日の夕刻、待ち合わせた総社神社の境内で、真人が慎一とキャッチボールをするのを芙美子は見守っていた。

「いいかい慎一君、キャッチボールは相手の胸をめがけて投げるんだ。強いボールを投げなくていいんだ。相手の人に、こうして、ほらっ渡すよって感じで……。そうだ。上手《うま》いぞ」

さすがに高校野球のエースだっただけに、真人の教え方で、初めてボールを投げる慎一もすぐに要領をつかむようになった。

新緑の葉におおわれた大きな欅《けやき》の木々の下でキャッチボールをしている二人は、降り注ぐ木洩《こも》れ日につつまれていた。時折、慎一が上げる笑い声までが緑の光にかがやいて聞こえた。

――あの夏、強引にでも結ばれていたら……。

芙美子はひとつ選択が違っていれば、この緑の中にいる三人は家族だったかもしれないと思った。真人に肩を抱かれ、歩いてくる慎一がまぶしそうな目をして芙美子を見ている。真人も笑いかけている。これが自分が望んでいた暮らしなのではないのだろうか、と芙美子はふと考えた。

「いや、慎一君はなかなか筋がいいよ。きっと野球が上手くなるぞ」

真人の言葉に恥ずかしそうに目をしばたたかせている慎一が、芙美子にボールを投げた。転がってきたボールを拾い上げると、たしかな重みをてのひらに感じた。

「斉藤さん、どうもありがとう」

「いや、僕も楽しかったよ。次の日曜日も一緒にキャッチボールをする約束をしたよ」

「えっ、そんな……。だって休みの日に迷惑でしょう」

「大丈夫だよ。僕は独り身だし。じゃ次の日曜だよ。慎一君」

「うん」

「うん、じゃないだろう。はい、だろう」

「はい」

慎一が大声で返答すると、真人は、よし、そうだ、いいぞ、と満足そうに言った。

土曜日の夜、慎一は興奮してなかなか眠ろうとしなかった。ようやく寝息をついた息子の指先がグローブに触れていた。よほど楽しみにしているのだろう。こんな慎一を見るのは初めてだった。翌日の午後、芙美子は慎一と約束の総社神社へ行った。小一時間、キャッチボールをした後、真人は二人を野球場に連れていった。芙美子は芝生の外野席に腰を下ろし、外野フェンスのそばで野球のルールの説明を慎一にする真人の背中を見ていた。六月の澄んだ青空に千切れ雲が流れていた。

六月の一ヵ月の間に芙美子は真人と七回逢った。野球をする二人を見るだけの時間だったが、芙美子は楽しかった。

日焼けした慎一を見て、祖母は喜んだ。六月の最後の日曜日、野球観戦をした後、芙美子はお礼に真人を食事に誘った。郊外のファミリーレストランで三人で食事をし、真人の車で家まで送って貰った。玄関先で母が待っていた。真人を母に紹介した。慎一が真人の手を握って、甘えているのを目にして、母の眉間に皺が寄った。

高校時代の友人で、慎一に野球を教えてくれている人だ、と母に説明したが、世間体を考えなさいと、母は言い、二度と、そんなことをしないようにと冷たい目で芙美子を見返した。

「何よ、世間体って、母さんは家のことばかりを気にして自分ってものがないの。私は嫌よ。そう、私は斉藤さんが好きよ。高校の時からずっと好きだったわ。それっていけないことなの」

「あなたは健一さんの妻で、慎一の母親でしょう。そんなことを口にして恥ずかしくはないの」

母が声を荒らげた。

芙美子は祖母に真人のことを相談した。

「ほうっ、そんなことがね……」

祖母はそう言ったきり、何も助言はしてくれなかった。芙美子は健一が海外勤務になりそうなことや慎一が学校へ上がるので、一緒に見知らぬ国へ行くのが不安だと独りで喋《しゃべ》り続けた。

「ごめんなさい。勝手なことばかり言って」

芙美子が詫《わ》びると、最後に祖母が言った。

「一度、その人に逢わせておくれ」

「曾孫《ひまご》が大変にお世話になっているそうで有難うございます。花岡トキエでございます」

「初めまして斉藤真人です。僕の方こそ慎一君に野球を教えるのがとても楽しいんで、喜んでいるんです。慎一君は筋がとてもいいんですよ」

真人の声を聞いた途端、祖母の表情が変わった。目を細めて真人の顔を覗《のぞ》き込むようにしている。

「祖母ちゃん、どうしたの？」

「いや……。そうですか、曾孫は野球の筋がよろしいのですか。この子の曾祖父《ひいじい》さんも野球をやっておりました。秋田中学のエースで、土崎野球倶楽部で全国優勝をしたこともあります。失礼ですが、あなたのご家族で野球をなさった方はいらっしゃいませんか？」

「はい。いないと思うんですが……」

「そう……」

祖母は怪訝《けげん》そうな顔をして、もう一度、真人の顔を覗き見ようとした。

二人がキャッチボールをするのを、芙美子は祖母と二人で境内のベンチに腰を下ろして見物した。

祖母は時折、届いてくる二人の会話を耳を傾けるようにして聞いていた。

「あの人はどんな顔をしてるの？　背は高いようだね……」

「祖母ちゃん、そんなに目が悪くなってるの？」

「眉は濃いのかい？」

祖母は執拗に真人の容貌を訊いた。

数日後、病院から戻ってきた祖母が、母と芙美子を奥の部屋に呼んで、白内障の手術をする、と告げた。芙美子は母と顔を見合わせた。

「その御歳《おとし》で手術をして大丈夫なんですか」

母の言葉に祖母はこくりと頷き、付添いは芙美子にして貰う、と言った。

母は、八十七歳になる祖母の手術を心配したが、白内障の手術は、ここ二十年で目覚しい進歩を遂げ、麻酔も点眼麻酔になり、百歳を越えた患者でも手術が可能になっていた。

広面《ひろおもて》の蓮沼にある大学附属病院に、トキエは二日間入院して両眼を手術し、三日目には家に戻ってきた。

一週間は顔を洗えないので、祖母の世話を芙美子がした。

しばらく続いていた梅雨の雨雲が去った十日目の日曜日の朝、食事を運んでいった芙美子に庭を眺めていた祖母がぽつりと言った。

「こんなに空が……」

「えっ、何と言ったの、祖母ちゃん」

「こんなに空は青かったんだねぇ……」

祖母は空を見上げたましみじみとした口調で言った。

芙美子も空を仰ぎ、祖母を見返した。芙美子の顔をまじまじと祖母が見入っていた。

「何ですか。私の顔に何か付いてますか?」

「いや、何も……」

そこに御飯と味噌汁を盆に載せた母が入ってきた。祖母は今度は母の顔をじっと見ていた。祖母の奇妙な態度に、母が訊いた。

「どうかなさいましたか?」

祖母は首を横に振り、目の前の膳に置かれた湯気の立っている白米を見つめて言った。

「何か御飯に入ってましたか?」

母はあわてて祖母の膳を覗き込んだ。

「いや、綺麗なお米だね。こんな綺麗なものを毎日食べていたんだね……」

母と芙美子は顔を見合わせた。

その日の午後、芙美子は慎一と祖母を連れて、総社神社へ出かけた。

出がけに母から祖母の様子に気を付けて欲しい、と言われた。

「どうしたの?」

「何だか様子が変なの。いきなり私の歳《とし》を訊いたり、鏡を出して欲しい、と言われて用意したら、祖母ちゃん、泣いていたの」

「祖母ちゃんが泣いてたの?」

芙美子は母に、老人の白内障の手術後は、以前とは別世界を見ることになると、病院の医師から聞いた話をした。

総社神社に着くと、真人の姿が見えた。

「あの人だね。先日、逢った人は……」

「そう」

真人が芙美子たちに気付いて手を振った。

祖母は真人をじっと見つめ、軽く会釈をすると、そのまま本殿に続く石畳の道を一人で歩き出し、参拝した後、境内を散策していた。先日の、真人への関心がまるで失せたように見えた。芙美子は祖母から目を離さなかった。やがて祖母は境内にいくつか建っている石碑のひとつに立ち止まり、そこでじっと動かずにいた。その祖母の姿を見て、芙美子は以前、祖母の同じ姿をどこかで見た気がした。それがいつどこで見たものか思い出せなかった。

真人に礼を言って別れ、三人で家に戻ると、芙美子は祖母に呼ばれた。

部屋に入ると、祖母の座ったそばに風呂敷がひろげてあり、そこに色褪《あ》せたユニホームが見えた。

「何、これ、野球のユニホーム？」

「古いものだよ。淑子に車を呼ぶように言っておくれ。芙美子、これから少し私と出かけとくれ」

「どこへ行くの？」

「海を見に行きましょう。イカ釣りの漁火《いさりび》を見たくなりました」

「これから？」

「そう、もうすぐ出港する時間でしょう。早く淑子に車を呼ぶように言いなさい」

「私と祖母ちゃんの二人で行くの？」

「そう、二人で行くのよ。早くしなさい」

祖母の口調が強くなった。

芙美子はあわてて部屋を出ると、母にそれを伝えた。母は驚いて奥の部屋へ行き、すぐに戻ってくるとタクシー会社に電話を入れた。

「あなたも支度をしなさい。この天候なら降ることもないと思うけど、海風は冷たいから少し着込んでね」

「どういうことなの、母さん」

「私にはわかりません」

母は怒ったように言った。背後で玄関にむかう祖母の足音がした。

迎えにきたタクシーの運転手に、祖母は岬の名前を告げた。運転手は岬の名前を聞いて、少し驚いた顔をしたが、すぐに車を走らせた。海岸通りを南にむかって車は走り続けた。その間中、祖母は膝の上に、先刻の風呂敷包みを置き、目を閉じていた。岩城町から本荘を過ぎる頃には、海を染めていた夕陽も沈んで薄闇がひろがりはじめた。山側を見ると、夏の満月が皓々とかがやき、車と並走していた。

岬に着くと、祖母は運転手に待っているように告げて、展望台とは逆側の海へ降りる坂道を、月明りを頼りに先に下りていった。芙美子は祖母の足元に注意を払いながら後に続いた。やがて、そこだけが草叢《くさむら》になった平地に祖母が分け入り、目前にひろがる日本海を見つめた。

何十艘《そう》ものイカ釣り船の漁火がきらめいていた。祖母は身《み》じろぎもせず沖合いに揺れる火を見ていた。海風が祖母の着物の裾を翻《ひるがえ》していた。草と汐《しお》の香りが合わさった独特の匂いが鼻を突いた。

「祖母ちゃん、大丈夫、寒くはない？」

「…………」

祖母は返事をしなかった。

草叢の先は崖になっているのだろう。時折、岩にでも波がぶつかっているのか、下方から波濤《はとう》が聞こえた。芙美子は、今日一日の祖母の奇妙な行動を思い出し、もしかして祖母が海へ身を投げてしまうのではないか、と心配した。そう考えると、急に不安になり、芙美子は祖母に近寄った。

「芙美子、人には誰も悔《くや》みというものがあるものよ。悔みがない人生を送れた人はよほど幸福な人なんでしょう。でも私は、そんな人はいない気がする……。この風呂敷の中身を出しておくれ」

芙美子は祖母の手から風呂敷包みを取ると、中に入っていたユニホームを出した。ユニホームは紐《ひも》でしっかり結んであった。歪《ゆが》んだ背番号が妙に生々しく映った。

「それを海へ放っておくれ」

「海に？」

「そう。少し前へ出て放れば下は海になっている。気を付けて放っておくれ」

「いいの」

「ああ、そうしたいからここに来たのだから……」

芙美子は数歩前へ歩んで、ユニホームを放り投げた。一瞬、布の固まりは宙に浮かんで白く光り、音もなく視界から消えた。すぐに沖合いの漁火のきらめきが目に迫った。

「今、海に放ったのは、私の悔みです。あのユニホームを着ていた人は、私の夫の親友でした。今日は、その人の命日です。その人はずっと私のことを想ってくれていました。それを知ったのは、あのユニホームの内側に、私の名前が記してあったからです。その人の妹さんが内緒で届けにきてくれました。私はその人が野球をしている姿を何度も見物にいきましたが、華やかだったポジションの夫の方に結婚を申し込まれて一緒になりました。その人の私に対する想いを少しも知りませんでしたが、後になれば、あれがそうだったのか、と思うことがあります。供養をしたくとも行くことはできませんでした。もっとも骨もない墓ですから……。しかしそれも遠い昔のことで帰ることなぞできません。人は誰も悔みを抱いて生きる気がします。慎一の野球をする姿が見たくて、目の手術をしたのですが、ものがよく見えるということはいい事ばかりではありません。ほらっ、慎一に野球を教えてくれた、あの人、何と言いましたか?」

「斉藤さん。斉藤真人さん……」

「あの人への芙美子の気持ちを大事にしなさい。どうすればいいのかは、あなたが決めることです。どちらを選んでも悔みは残るものです」

「……………」

芙美子は何と答えたらいいのかわからなかった。

「さあ、帰りましょう。淑子さんが心配しています。芙美子」

祖母はそう言って立ち止まると、

「淑子さんももう歳を取っています。大切にしてあげなくてはいけませんよ」

と言って、先に坂道を上りはじめた。

蟬時雨《せみしぐれ》が周囲に響いていた。

欅の葉の隙間から差す陽差しは、九月というのに、まだ肌に痛いほど強かった。

その陽差しにキャッチボールをしている健一と慎一の姿が、時折、鮮かに浮かび上がる。

パパ、ちゃんと投げてよ。おうっ、悪い、悪い。おっ、慎一、いい球を投げるな。うん、僕、甲子園へ行くんだもの……。

芙美子は夫と息子の姿をぼんやりと見つめながら、十日前に終った祖母の四十九日の法要を思い出していた。

あの岬から戻った五日後の夕暮れ、祖母は部屋の障子戸にちいさな身体を凭《もた》せかけ、午《ご》睡《すい》をしているかのように死んでいた。

通夜、葬儀の間、芙美子は、祖母は、あの日の朝、空の青を見た時、依《よ》るべき支柱を失ったのでは、と思った。固い石のようにこころに閉じ込めていた悔みが指間から零れる砂のように消えたのではないか。なぜそんなふうに思えるのか、芙美子にも理由はわからなかったが、八十七年という歳月は祖母にとってはほんのひとときでしかなかったのかもしれない。

キャッチボールを終えた健一と慎一が境内にある石碑を並んで見ていた。

「これって何?」

「戦争で死んだ人のことが書いてあるんだよ」

「この人たち皆が死んだの」

「ああ、特別攻撃隊と言って、飛行機と一緒に戦艦に体当たりをして死んでいったんだ」

「どうしてそんなことをしたの?」

「国を守るためだよ。そのうち慎一にもわかるよ。けど結構、秋田出身の特攻隊員がいたんだな……」

健一の言葉に、芙美子は思わず顔を上げた。

二人が眺めている石碑を見た。あの日、祖母も、あの石碑の前にずっと佇んでいた。その祖母の姿に、幼い自分の手を引いて、この神社へ何度も歩いてきた祖母のことがあざやかによみがえってきた……。子供ごころに、固い石のようになって石碑の前に佇む祖母の背中が怖く思えた。たしか母が傘を手に迎えにきてくれた日も、祖母は雨に打たれながら手を合わせていた。

『骨もない墓ですから……』

祖母の岬での声が耳の奥に響いた。

——もしかして、あのユニホームの人は……。

そう呟いた時、健一の声がした。

「おい、何をぼんやりしてるんだ。雲行きがおかしいから戻るぞ」

「えっ、本当に」

見上げると、空に雨雲がひろがろうとしていた。

「夕立ちかしら、早く帰りましょう」

三人は走って家に戻った。

家に入ると同時に、落雷の激しい雨が響いた。

「よかったわね。降られずに済んで。梨が剝《む》いてあるから皆で食べましょう」

母が慎一の汚れた手を拭きながら言った。

「こんなに汚れてちゃだめだわ。健一さん、慎一とシャワーを浴びてきて貰えるかしら」

二人は湯屋のある奥へ走り出した。

芙美子は台所へ行き、テーブルの上の梨をひとつ口にした。

「何をしてるの、行儀の悪い。皆して東の濡れ縁で食べましょうか。そっちの梨を祖母ちゃんの仏前に供えてきて」

「わかった」

芙美子は小皿に盛った梨を奥の間の祖母の仏前に置いた。障子戸を開けると、母が濡れ縁に四つん這いになって、空を見上げていた。大きなお尻が突き出ていた。

「何をしてるの、母さん」

「雨を見てるのよ。母さん、子供の頃、雨を見るのが好きだったの。特に夕立ちが……」

芙美子は空を仰いでいる母の顔をまじまじと見て、その隣りに並ぶように、四つん這いになり、濃灰色の空を見上げた。

ミ・ソ・ラ

「ほうっ、左鮨《ひだりずし》かね。珍しいね……」

カウンターの前に座った二人連れの、年配の男の方が哲也の手元を見て言った。

「はい、不調法ですみません」

哲也が軽く頭を下げると、

「いや、悪いって言ってるんじゃないんだ。私の東京の行き付けの鮨屋にも左手で握る職人がいる。それが結構美味《うま》いんだ。そう言えば、東北の塩釜《しおがま》の港の近くにも一軒、左鮨の店があったな……」

頭髪に白いものが目立つ、その男は鯛《たい》の握りを口に放り込みながら言った。

「部長は食通ですから、よくご存知ですね」

連れの眼鏡の男がお愛想笑いをして、鯛を口に入れた。

哲也は店の奥の壁に掛けてある時計をちらりと見た。

「それにしても南京街の中の鮨屋ってのも珍しいんじゃないの?」

「はい、店《うち》を入れて三軒ございます」

哲也はマグロのヅケを握って二人に出した。

「ほうっ、ヅケか。関西でも、これをよくやるのかい?」

「この頃はどこも出しているようです」

こりゃ、美味いな、眼鏡の男が大袈裟《おおげさ》に声を上げた。白髪《しらが》頭も口を動かしながら頷《うなず》いている。

「板さんは関東で修業をしたのかい?」

白髪頭が訊《き》いた。

「はい、銀座に七年おりました」

「やはりそうか。どうりで違うと思ったよ」

白髪頭がしたり顔で言うと、さすがに部長は眼力がありますね。どうして関東だとわかったんですか……、と眼鏡が訊いている。

言葉だよ、職人は修業した土地の言葉が出てくるもんなんだよ。そうだよね、板さん……、と白髪頭が話しかけようとした時、表戸が勢い良く開いて、男が三人入ってきた。

「いらっしゃい」

哲也が三人を笑って見ると、中の一人のブルゾンに白いタートルを着た男が手を擦《こす》りながら言った。

「寒うてかなわんわ。すぐに熱いの付けてや」

残る二人はコートを壁に掛け、哲也の顔を見て口元に笑みを浮かべカウンターに歩み寄ってきた。

「どないやった？」

哲也が訊くと、二人の男は首を大きく横に振って、さっぱりあきまへん、と肩をすくめた。

「哲ちゃん、和歌山は寒かったで。何が南国、白浜や。あれは南極、白浜やで」

短髪に赤いシャツの客が憎々しげに言うと、真ん中に座った黒いタートルの男が、正月いうのに客足は伸びてへんな。競輪はもうあかんな……、と首をゆっくりと横に振った。

三人の前にお銚子が出て、哲也はそれぞれの銚子を取って盃《さかずき》に注《つ》いだ。ほんまやな。十年前の和歌山の正月記念レースいうと、スタンドも満杯で車券を買うのに苦労したもんな。白いタートルが懐かしむように言って、盃の酒を一気に飲み干し、奥の調理場にむかって、

「彩《さい》ちゃん、熱燗《あつかん》、もう一本」

徳利を振って、大きな声を上げた。

「彩子は居ないんだ。正月の三《さん》が日《にち》は丸亀の実家に帰った。オフクロさんの具合いが、去年の暮れから悪いらしい」

「そうなんだ、大変やな……」

「健吉、こういう時に見舞いに行ってやるんや。そないしたら彩ちゃんの気持ちも、ぐっとおまえに寄って行くかもしれへんで」

赤いシャツの男が白いタートルの男を覗《のぞ》き込んで言った。

「そうかな。じゃ丸亀に行ってみるか。丁度、競艇も開催してるしな……」

健吉と呼ばれた白いタートルの男がカウンターに頬杖ついて半分本気のような顔でつぶやいた。

「阿呆《あほ》、そんなんやめとけ。いくら押せ押せでも、そのレースは外れ車券を買い続けることになるで」

真ん中の黒いタートルが笑った。

「亮三さん、そりゃ、あんまりな言い方ちゃいますか。いくら今日が総スカ言うても」

黒いタートルが白いタートルの頭を軽く叩いて、生《なま》を言うんやない、と言った。

奥から丸坊主の若者が銚子を三本載せた盆を手にあらわれた。三人が若者を見た。

「知り合いの子や。正月の間、アルバイトに来て貰《もろ》うとる。竜一君や」

「竜一君か、ごっつ大きな身体してんな。何か運動やってんの?」

健吉が竜一を見上げて訊いた。

「は、はい。野球をやってます」

「どこの高校や?」

「い、いや、まだ中学生です」

「中学生? ほんまにか、びっくりするほど大きい中学生やな」

三人は竜一の一八五センチはあろうかという身長に驚いていた。竜一は銚子をカウンターに置いて奥に消えた。

「あの子、哲さんの親戚か何かなん?」

健吉が奥を見ながら訊いた。

「違う。知り合いの子や。小遣い稼《かせ》ぎにきよっただけや」

「中学何年生や?」

「三年生で、春から高校へ進学するらしいわ」

「ポジションはどこや?」

その時、店の電話が鳴った。竜一が応対に出ている。もごもごした口調に、哲也が大声で怒鳴った。竜一、はっきりした声で喋《しゃべ》らなあかんで。はい、と返答は戻ってくるが、電話の声はまた低くなる。

「ちょっと、すみません」

哲也は客に頭を下げて調理場に行き、竜一から受話器を取り、相手と話した。出前の内容を聞いている声がカウンターまで響いていた。

哲也は板場に戻りながら、また時計を見た。

「さあ、何から握りましょう」

そう言って、両手を勢い良く叩くと、右手がズキンと痛んだ。親指の付け根に紫色の痣《あざ》が浮き上がっていた。


夜の十時を過ぎたあたりでほとんどの客が引けた。

小上りに中年の男女がいるだけである。

今夜のような正月の三が日は別として、南京街の料理店は、普段から店を仕舞う時間が早い。夜の八時を過ぎると、主だった中華料理店は客にラストオーダーを訊き、厨房《ちゅうぼう》の中の片付けをはじめる。そうなったのはバブルがはじけてからである。夜遅くまで営業しているいくつかの店もあるが、それは新参か、組合に入っていない店である。表通りの大店はほとんどが九時を回れば閉店となる。

「ねえ、焼酎をもう一本貰っていいかしら？　もうすぐ閉めるんでしょう」

小上りの女客が言った。

「いや、今夜はかまいませんよ。今夜と明日の夜は十二時迄営業してますから」

哲也が言うと、女は腕時計に目をやり、ちいさく頷いた。

「いつからこんなに遅くまでやるようになったの？」

「今夜は特別です。不景気ですから……」

哲也が笑って言うと、

「あらっ、ここは南京街じゃ流行《はや》ってるって評判じゃないの。でも今夜はゆっくりできて嬉しいわ。ねぇ、あんた」

女は少し酔っていた。しかし女が今しがた言った言葉はあながち間違いではなかった。

店は哲也がはじめて八年になる。南京街の中で鮨屋を開くと、銀座の親方と女将《おかみ》さんに相談した時、女将さんは反対した。

「そんな所に入って鮨を食べにくる客なんぞ居るわけはないじゃないの。無理をしても繁華街の真ん中に構えなきゃ。せっかく銀座で修業した腕が泣くってもんよ。第一、街が油っぽいだろうに」

親方は違っていた。

「面白そうじゃないか。神戸の南京街と言やあ、日本でも一、二を争う中華料理の店が並んでると聞いたことがある。中華料理は世界の三大料理に入るって言うから、そこの連中は味にはうるさいはずだ。その連中を客につかめたら、店の柱ができる。面白い所に目を付けたな。やってみろ」

南京街の組合に挨拶に出かけた時、老人たちは最初、顔を見合わせて、首をかしげた。

「ここは商売が難しい所だよ。大丈夫？」

「はい、一生懸命に頑張りますんで、どうぞお力添えを下さい」

哲也の礼儀正しさも好感を持たれたのか、大通りから少し脇に入った空店を老人たちはすすめてくれた。

親方が言うように、南京街の住人は舌が肥えている上に食事に対して無駄な金をいっさい使おうとしなかった。それでも丁寧に仕事を続けているうちに、土、日曜の休日、家族連れがぽつぽつ来店しはじめ、今では地元の馴染《なじ》み客だけで、店は充分にやっていけた。

小上りの客に焼酎と湯の入ったポットを持っていった竜一に哲也は声を掛けた。

「竜一、この様子なら一人でやっていけるから閉店前まで、そこいらを走ってきていいよ」

哲也の声に竜一が顔を明るくして笑った。

すぐに竜一はジャージに着換えて、調理場の奥から、それじゃ哲也おじさん、行ってきます、と声を掛けた。

「大通りは歩道を走れよ。今夜は暴走族が出てるかもしれないけど相手にするなよな」

はい、と返事の声が木戸を開けて吹き込んできた木枯らしの音にまぎれた。乾いた靴音が二歩、三歩届いて消えた。

哲也は小上りの客に海苔《のり》を出して、また時計を見た。十時半になる。カウンターから木枯らしに揺れる暖簾《のれん》越しに通りが見えた。他の店はすでに閉じて、街路灯の明りが人通りのない路地を照らしていた。

哲也は海苔が切れそうなのに気付いて、調理場に行った。

棚戸を開けて、海苔の入った缶を出した。中から二束を出して、台の上に置いた。封を開け、包装紙を捨てようとポリバケツの方を見ると、竜一のスポーツバッグの脇に彼が今しがたまで着ていた店の仕事着が丁寧に畳《たた》んであった。折り畳んだ上着とズボンの角をちゃんと揃え、床には下駄が綺麗に並べてある。

——大人になったんだ……。

哲也は竜一がよちよち歩きをはじめた頃を思い出した。少し転んだだけですぐに半べソを掻《か》く、弱々しい子供だった。それが今は、同じ歳の若者と比べても、落着いているし、頭の回転も早い。何より思いやりがある。

五日前の、年の瀬に店にやってきた日、哲也は竜一が夜になって、この界隈《かいわい》の店から出た残飯を漁《あさ》る浮浪者に、食べられそうなものを仕分けして渡してやっていたのを調理場の奥から見ていた。薄《う》す汚れた浮浪者が近づくのさえも嫌がる若者が多い中で、竜一はやさしく声を掛けてやり、食料を与えていた。その光景を目にした時、哲也は、

——これで充分だ……。

と思った。

別に人より出世したり、大金を得たりすることが人生の幸福などと哲也は考えたことがなかった。

哲也は、それを銀座の修業時代に親方から教わった。

「哲、いいか。職人の商いは同じお客さんと長く続くことが肝心だ。お客さんは毎日一生懸命に働いてから、俺たちの鮨を食べにみえるんだ。男の人生だからな。良いことより辛いことの方が多いに決まっている。そういうお客さんが安心できる鮨を握ることだ。地味でいいんだ。味は人だぞ。暖簾なんかじゃないからな。味は人だ。その人が大事だ。お客さんに対して思いやりがあれば、鮨の商いの半分はできたも同じだ。金儲けの鮨はすさ

む。派手な鮨には味わいがない。よく覚えとけ」

哲也は、この五日間、竜一を見ていて、鮨屋になる気はないのだろうか、とさえ思った。

――無理だな……。あの体格で、あのボールを投げられる若者が、野球に夢を託さないはずはないものな……。

竜一に兵庫県にある名門高校の野球部のセレクションを受けさせるために、神戸へ行かせたいと、島根の浜田に住む宮内理香子から手紙を貰ったのは、去年の秋の終りだった。哲也も竜一が島根の中学生の中でも評判の投手であるのは、理香子から聞いて知っていた。

十年前、まだ銀座で修業をしていた時、理香子から手紙が届き、竜一が自分から野球をやりたいと言い出したと知り、スポーツ用品店から少年用のバットとグローブを送ったことがあった。

――あの子が野球をやりはじめたか。

哲也は、竜一が小学生の時、一度休みを取って、彼の野球を見学に行ったことがあった。レギュラーではなかったが、ベンチで上級生のゲームを声を出して応援している姿を見て、懐かしいものを見た気がした。

その頃の竜一の身長は高くなかったし、どちらかと言えば弱々しい少年に映った。それが理香子の手紙で、小学校の高学年に上がった頃から、身体も急に大きくなり、学校のエースになって活躍していると知らされた。

野球の強い中学校に入学し、電車で一時間かけて学校へ行きはじめた。一年生の時からエースになり、活躍をしているということだった。

——やはり野球を覚えたのが良かったんだ。

哲也はもう一度、竜一の畳んだ仕事着を見直し、野球を続けたことが竜一を礼儀正しい若者にしたのだと思った。

勿論、学校の教師をしている理香子の躾《しつけ》も良かったのだろう。母子だけの二人暮らしは決して裕福ではなかったはずだ。それが竜一に思いやりを与えた気もする。

十五歳と言えば、哲也も毎日、グラウンドに出て泥だらけになって白球を追っていた。

——あの時代が一番楽しかったのかもしれない……。

二年半振りに、スポーツバッグとバットケースを手に店の表木戸に立っていた竜一を見た時、たった二年半の間で、こんなに身体が大きくなるものなのか、と哲也は驚いた。

白い歯を見せて、ぺこりと哲也に頭を下げた竜一には、転んでは半ベソを掻いていた少年の面影は失せていた。

年の瀬の二日は忙しい日が続いて、竜一はアルバイトの彩子にあれこれ命令されながら手伝いをしていた。元日の朝、哲也は竜一をキャッチボールに誘った。

冬の澄んだ青空がひろがった朝だった。

哲也と竜一は車で、武庫川《むこがわ》の川原に行った。

そこは、堤防沿いに美しい松林が続く、哲也のお気に入りの場所だった。

武庫川と仁川《にがわ》が合流する地点の川は、以前は多量の雨が続くと水かさが増し、あたり一帯に氾濫《はんらん》することで有名だった。上流にダムができてからは、水量も減り、中洲も次第にひろがって葦《あし》、蘆《よし》、芒《すすき》が群生し、虫や鳥たちの恰好の生息地になっている。ヒバリ、カル鴨《がも》、カワセミなどが繁殖し、夏鳥のコアジサシ、冬鳥のカイツブリといった渡り鳥までがやってくる。春などはヒナ鳥たちがいっせいにさえずりはじめ、霞の空に若鳥が飛び立つ姿は凛々《りり》しささえ感じる。夏は子供たちが川原で水遊びをしたり小魚を捕えて賑《にぎ》やかだし、秋になると芒の銀穂が川風に揺れるさまは銀の波を見ているようである。だから大勢の人が川岸に佇《たたず》んで川原の四季を楽しんでいる。今は川原は遊歩道になり、朝夕、散歩やジョギングをする人、自転車に乗る人が往き来するが、ひと昔前、この原っぱは少年たちにとって絶好の野球場だった。

元日の早朝、まだ人影のない時刻を選んで哲也と竜一は川原に降りた。

竜一は川原に降りると、あたり一面をゆっくりと見回して言った。

「哲也おじさん、ひょっとして、この川原かな……」

竜一は川原に立って、上流の中洲から鉄橋や、対岸をゆっくりと見渡して言った。

「何がだよ?」

「理香子叔母さんが、よく母さんと僕を迎えにいったっていう川原って、ここのことじゃないのかな」

「へぇー、そんな話を知ってるのか」

「うん。叔母さんはあまり昔のことは話してくれないけど、母さんが赤ん坊の僕を連れてよく川原に散歩に出かけてたっていう話だけはしてくれるんだ。鉄橋を渡る電車を見て喜んでいたっていうから、たぶん、あの鉄橋なんじゃないかな……」

哲也は子供の記憶はたいしたものだと思った。

竜一の母の律子が赤ん坊の竜一を連れて、武庫川の川原によく出かけていたのは、哲也もよく覚えていた。

二人はグローブを手に反対向きになって歩き出した。冬の枯れ芝を踏む靴の感触が懐かしかった。振りむくと竜一はこちらをむいて立っていた。ボールを手にした左手を軽く上げて、竜一が笑った。サウスポーである。哲也も左ききである。ぎっちょ同士のキャッチボールは珍しいと思った。竜一は下半身を捻《ひね》り、ゆっくりと腕を背後に回すと哲也のグローブにむかってボールを投げた。山なりのボールだが、回転のしっかりした重くて強いボールだった。

——ほうっ、ここまで上達したのか。

グローブで受け止めた時、ボールの重みで竜一の技倆《ぎりよう》がわかった。

哲也は高校時代、兵庫県下で名門と呼ばれたT高校野球部の主戦投手であった。甲子園の出場こそ地方大会の決勝戦で破れたが、高校野球を終えた秋には、各大学の野球部や社会人野球から誘いがあった。哲也は、自分の野球の限界を知っていたから高校を卒業すると、すぐに地元の製薬会社に勤めた。野球を退《や》めて十五年以上になるが、若い選手の野球の技倆を見抜ける目を持っていた。

少しずつ竜一の投げるボールに力が加わっていく。素晴らしいボールだ。投手の力はスローボールを投げさせた時にわかる。フォームのバランスと球質が受ける側にすべて伝わってくる。哲也には竜一が自分を気遣って加減をして投げているのがわかった。

「おーい、竜一、本気で投げていいんだぞ」

哲也の声に竜一が頷いた。

竜一の投球に入るタイミングが変わった。哲也の差し出しているグローブを、先刻より背をかがめて見ている。その瞳が遠目でも、鋭く光っていた。哲也は中腰で構えた。

――本気を出すな。

哲也は唇を噛んだ。相手はまだ中学生であるが、先刻から哲也のグローブを持つ右腕にはずしりとした感触が伝わっていた。それでも手加減をしてのボールの重みだった。

竜一は胸を突き出すようにして、両手を大きく頭の上に伸ばし、右足を引き上げた。少し変則的な足の上げ方だ、と哲也が思った瞬間、竜一の左腕は素早く振り下ろされ、ボールが唸りをあげてむかってきた。バシッ、とグローブの革が引き裂かれたような音がし、ボールを受け止めた哲也の右腕に衝撃が走った。かろうじて受け止めたが、腕には痺《しび》れたような感覚が起こっている。哲也はグローブの網部分にめり込んでいるボールを見てから、投げ終えた左腕を逆方向に一周回している竜一の姿を見直した。

――こんなボールを投げるようになっていたのか。

哲也は胸の中で呟《つぶや》いて、吐息を零《こぼ》した。

「ナ、ナイスボールだ。いい球を投げるじゃないか」

哲也が声を掛けると、ありがとうっす、と竜一は野球部員独特の返答をして、羞《は》じらうようにうつむいた。

哲也は先刻よりも両足を踏ん張って構えた。同じスピードのボールがグローブをめがけて真っ直ぐ伸びてきた。今度は上手《うま》く捕球できたが、グローブの芯《しん》で捕った分だけ、右肩まで衝撃が走った。三球、四球……、十球目を受けた後、哲也は竜一に、肩は大丈夫か、と声を掛けた。大丈夫っす、まだ全力投球じゃ、ないっすから。竜一の言葉に哲也は苦笑した。

竜一にボールを投げ返しながら、哲也は理香子の電話の声を思い出していた。

「哲也さん、竜一は今、野球のことしか目がむいてないから、それじゃダメだって注意をしてやって下さい。今が一番大事な年頃ですから」

「心配いりませんよ。あの年頃の時は、私も野球以外のものは何も見えませんでしたから。それに、そうじゃなくては野球は上手くなりません」

「ともかくセレクションに行くのを承知したのは竜一より、もっと上手い選手がそっちには大勢いると哲也さんがおっしゃったからですよ。大海を知ればわかるって……」

理香子の切ない声が受話器のむこうから聞こえていた。

さらにスピードのあるボールがきた。哲也は顔を顰《しか》めた。グローブの中の右手が痺れていた。

——これじゃ、野球に夢中になるはずだ。これほどのボールを投げる中学生はセレクションにきた選手の中にはいないんじゃないのか。

野球に疎《うと》い理香子に、このボールを何と説明していいか、哲也はわからなかった。柔軟なフォームをしている。それでいてバネがある。身体のやわらかさは学生時代にバレーの名セッターだった律子の血を、そのまま受け継いでいるのだろう。そして、このボールの強さは……。哲也は竜一に言った。

「変化球は何か投げられるのか？」

「カーブって言うか、スライダーって言うか……、投げてみますから見てみて下さい」

哲也は右方からいきなり顔にむかって変化してきたボールをあやうく、捕り損《そこ》ねそうになった。一瞬、目を閉じていた。

「どうっスか？」

竜一が白い歯を見せている。

「今のボールはスライダーだよ。悪くはないが、もう少し肩の力を抜いて、ボールを抑《おさ》えるようにして投げてみろ」

竜一が次に投げたスライダーは鋭く変化して哲也のグローブにおさまった。飲み込みの早い子なのだ、と哲也は感心した。

店の時計は十一時を回っている。

通りにはすでに人の気配はなかった。

今頃、竜一はどこを走っているのだろうか。夜の埠頭をランニングしている竜一の姿が浮かんだ。

哲也は右手を開いて、親指の付け根にひろがった紫色の痣を見た。元日の朝のキャッチボールのせいである。こんなふうに掌が腫《は》れ上がったのは初めてだった。哲也は、川原で見た竜一の投球フォームを思い返した。美しいフォームだった。左投手は右投手に比べて投球フォームが美しく見えるものだ。それは打撃も同じで、圧倒的に右ききの選手が多いから、右の投球も打撃もフォームの欠点がわかり易い。ところが左ききは、それがわかりにくい。少し変則でも左投手は美しく見えるものだ。竜一の投球フォームは少し変則に右足を引き上げる以外は理想に近い身体の使い方をしていた。

――あれは持って生まれたものだ。

「持って生まれたか……」

哲也は、そう声に出してから、右投手ではあったが、美しいフォームから、重いボールを投げていた一人の若者の姿を思い出していた。

寺尾洋一。少年時代をともに過ごし、高校時代はライバルだった男である。

十五年前の冬のことだった。

暮れも押し迫った日の夕暮れ、銀座の店に電話が入った。

「哲也さん、大変なの。洋一さんが事件を起こして逃げ回ってるらしいの」

伊丹にいる宮内律子からだった。

「事件？　何のことや？　あいつまた何かしでかしよったんか」

「よくはわからないけど、洋一さんのアパートに怖い人がいきなり入り込んできて、洋一さんを探し回ったらしいの。××園にまで行ったって……」

「ヤクザか？」

「私にはわからへん」

「それで洋一から律ちゃんに連絡はあったのか」

「…………」

「何を黙ってんのや。律ちゃん、洋一を匿《かく》もうとんと違うのか？」

「哲也さん、洋一さんに逢ってやって。すぐに逢ってやって……」

切羽詰った律子の声に哲也は、店の親方に事情を打ち明けた。

親方は哲也が孤児院で育ったことを知っていた。高校を卒業し、製薬会社に就職したものの、大学病院や街の医院に営業で通う仕事は哲也にむいていなかった。そんな折、野球部の先輩から、同期生が鮨店を開いたことを聞かされた。

「あいつが羨《うらや》ましいわ。こっちは一流企業に勤めたつもりやったが、この景気や」

その先輩はT高校の野球部から製鉄会社の野球部に入り、今は野球はやめて倉庫管理の子会社に勤めていた。

「鮨の職人って、そんなにええんですか？」

「やりようによってはいいらしいな。でも何より腕ひとつでやっていける所が羨《うらや》ましいわな。これからの世の中は手に職を付けてた奴が勝ちやろう」

哲也は先輩の話を聞き、その鮨屋の主人を紹介して貰って店を訪ねた。東京で修業していたという主人が世話をしてくれたのが銀座の店だった。


朝一番の新幹線で伊丹に戻り、哲也は宝塚にある律子の家に行った。

律子の母の、芳江の仏前に東京からの土産品を供え、仕事の報告をした。芳江は哲也と洋一が高校進学する時、援助してくれた人だった。哲也が少年の時から、芳江は伊丹の孤児院の世話をしていた。その縁で同じ歳だった娘の律子と二人は子供の頃から兄妹のように遊んでいた。

哲也は洋一が何をしたのかを律子に聞いた。

高校を出て京都のデパートのノンプロチームに入った洋一は一年で肩を壊して退部し

た。外商部に配属されたものの上司とトラブルを起こし退社させられた。それから二度、就職したが、どちらも揉《も》め事を起こし辞めてしまった。その後、大阪のミナミでしばらくバーテンダーをやっていたが、悪い仲間と遊ぶようになり、ふらふらしはじめた。噂を聞いた哲也は洋一に逢いにいった。待ち合わせた喫茶店に派手なスーツを着てあらわれた洋一に哲也は、真っ当に働け、と諭《さと》した。洋一は神妙に話を聞いてくれた。真面目《まじめ》に働く、という洋一の言葉を哲也は信じた。

心斎橋の橋の上で別れる時、哲也は言った。

「いつかまたキャッチボールをしような」

その日、洋一が、初めて白い歯を見せた。

あの日から一年半が過ぎていた。

哲也は黙って話を聞き、最後に律子に聞いた。

「洋一はどこにいるんや?」

「…………」

律子は返答しなかった。

「言いとうなかったら、それでもかまへん。けど俺が逢いたい言うとるのを伝えてくれ」

律子は黙って頷いた。

哲也は、律子がやつれていることに気付き、体調は大丈夫なのか、と訊いた。律子はぎこちなく笑って、大丈夫と答えた。哲也は帰ろうとして立ち上がり、庭先にある一本の木に目を止めた。それは樅《もみ》の木だった。哲也はガラス戸を開けて庭に出た。

木枯らしの中で樅の木は堂々と聳《そび》えていた。

「こんなに大きくなったんや……」

哲也は樅の木を見上げながら、少年時代、洋一と二人で木の上に登り、枝と一緒に落ちたことがあるのを思い出した。

「哲也さん、この木に登って、よく大声で歌を歌ってたわね」

「えっ、俺がか。俺は音痴だもの」

「そんなことはないわ。母さんの弾くオルガンに合わせて歌ってたわ。母さん、哲也さんと洋一さんの歌を聞くのが好きだったもの。あの頃に、私……帰りたい……」

そう言って律子は言葉を詰まらせた。

律子の目から大粒の涙があふれ出していた。哲也が律子の肩を抱いた途端、彼女は哲也の胸に顔を埋め、堰《せき》を切ったように泣きはじめた。律子が泣き止むまで哲也は黙って立っていた。律子が好きだった。律子のことを意識しはじめた時、彼女が洋一を好きなのに気付いた。洋一も律子を好いているのがわかった。

宮内家を出ると、その足で洋一がトラブルを起こしたという神戸、三宮にある興行会社を訪ねた。看板には会社とあったが、ヤクザの組事務所だった。哲也は洋一がヤクザから因縁をつけられていると思っていた。組事務所で聞かされた話は予想だにしなかったことだった。洋一はすでに、そのヤクザの組織に入っていた上、女性のトラブルで幹部組員に重傷を負わせて、逃亡していた。哲也は相手から洋一の居場所を教えろと、逆に脅《おど》かされた。

律子から連絡があったのは、大晦日の朝だった。

宝塚駅前の喫茶店で待っていた律子の左頬に大きな痣があった。

「どうしたんや、その顔は。洋一の奴」

哲也がいきり立つと、律子は洋一が手をかけたのではないと言い張った。

律子は洋一が、武庫川の川原で今夜、待っているから、と告げて、顔を隠すようにして立ち去った。

哲也は時計を見つめていた。とうに十二時は過ぎていた。

今夜、寺尾洋一が、この店に来るはずだった。去年の暮れ、洋一は刑務所を出所していた。哲也は青森の刑務所に居た洋一に、竜一が正月の間、店を手伝っていることを手紙に書いて送った。父と子を逢わせてやりたかった。

洋一は律子が死んだことは知っていたが、彼女が自殺したことも、子供を産んでいたことも知らなかった。

――父親が殺人犯とは打ち明けられないのだろう。当り前のことだ……。

哲也はそう思った。しかしせめて一目だけでも竜一に洋一を逢わせてやりたい、と思った。

哲也も洋一も両親の顔を知らない。

――親のある者には、あの寂しさはわからない……。

哲也は呟いて、また時計に目をやった。

――やはり来ないか……。

哲也は立ち上がって、表に出ると暖簾を片付けはじめた。左方から足音が聞こえてきた。見ると、長身でひょろりとした体型で竜一だとわかった。竜一が笑って近づいてきた。

「ずいぶんと遅くまで走ってたんやな」

「いや、三十分前に店には着いたんだけど、店の真ん前でおじさんに逢って、道を訊かれたものだから、その人を駅まで送ってあげたんだ」

「駅まで？　もう電車もなかっただろう」

「そうなの？　でもその人この店のことを知っていたよ」

哲也は暖簾を持った手を止めて、竜一の顔を見返した。

「どんな人やった？」

「哲也おじさんくらいの身長で、黒いコートを着てた。やさしそうな人だったよ」

「その人はおまえに何か尋ねなかったか？」

「いや何も訊かなかったよ」

「本当に何も訊かれなかったか？」

「うん、駅まで黙って歩いただけだよ。ただ哲也おじさんの店は評判がいいって言ってたよ」

哲也は竜一に店で待つように言って、一人で表通りに出た。

周囲を見回したが、人影はなかった。それでも哲也はしばらく、そこに立っていた。灯の消えた通りを見つめているうちに、あの大晦日の夜、武庫川の川原にあらわれた洋一の姿がよみがえった。

哲也は洋一の姿を見つけると、胸倉を摑んで、律子に手をかけたことを詰《なじ》った。洋一は黙ったまま抵抗しなかった。たった一言だけ、俺は律ちゃんに何もしてへん、と言った。

子供の時から洋一と一緒にいた哲也は、洋一が嘘をついてないのがわかった。

「律ちゃんがほんまに好きなんは、哲也、おまえのことやぞ。それを言っときたかったんや」

洋一は言って、踵《きびす》を返すと甲武《こうぶ》橋の方へ駆け出した。そうして急に立ち止まると、哲也、と名前を呼んだ。川沿いの道を走る車のライトが洋一を浮かび上がらせた。洋一は右手の拳で左の掌を叩き、その拳を振り上げ、ゆっくりと哲也にむかってボールを投げる仕種をした。哲也は闇の中に飛んできたはずのボールを受け止め、洋一、と名前を呼んで同じように拳を叩き、ボールを投げる仕種をした。洋一は哲也の投げ返したボールを目で追いながら、左方の草叢《くさむら》に目を落とした。

「なんや、届いてへんで」

そう言って、ニヤリと笑い一目散に駆け出した。

十日後、洋一は二人の組員を射殺し、警察に自首した。

南京街の通りの闇に、ヤンチャ坊主のような洋一の笑顔が揺れて、陽炎《かげろう》のように消えていった。

哲也の耳の底に、洋一の明るい声が残っていた。

——なんや、届いてへんで。

哲也はもう一度、周囲を見回して店にむかって歩き出した。

理香子と竜一が川辺に立っていた。

春を迎えた川原には、あちこちで鳥のさえずりが聞こえていた。

哲也はベンチに座って、二人の姿を見ていた。竜一は、今春から西宮にある野球の名門高校に入学が決まっていた。正月に逢った時よりも身体がまた少し大きくなった気がする。

理香子が対岸を指さして何やら竜一に説明していた。以前住んでいた家の場所を教えているのかもしれない。遠目で見ていると理香子は、少年の日に見た芳江に似ていた。

芳江の姿が浮かぶと、律子の顔がよみがえった。律子の自殺の理由はわからなかった。

理香子の話では、竜一を産む前から姉の精神状態はおかしかったという。

洋一はとうとう姿をあらわさなかった。あの夜、店の前に居た男が洋一かどうか、哲也にもわからなかった。日が経つにつれ、哲也は、洋一はもう二度と自分の前にあらわれない気がしてきた。

哲也は甲武橋の方角に目をやって、最後に洋一とキャッチボールをした場所を考えてみたが、闇の中のことだったからはっきりとはしなかった。

笑い声がした。見ると川辺には理香子の姿しかなかった。理香子が笑いながら川面の方に声を掛けていた。理香子が哲也の方をむいて手招いた。

哲也が川辺に歩み寄ると、竜一が水際の葦の中に立っていた。理香子が耳打ちした。

「哲也さん。あそこに鳥の巣があるんだって……」

「本当か？」

竜一が唇に指を立て、二人に降りてくるように手を招いた。

ちいさな卵が五個、巣の中に寄り添うように並んでいた。

「何の鳥の卵だろうか？」

哲也が小声で訊いた。

「この大きさだと雲雀《ひばり》じゃないかしら」

理香子が囁《ささや》くように言った。

上空で鳥の声がした。二羽の鳥が忙《せわ》しなく啼いていた。雲雀だった。

「ほら、雲雀でしょう。可哀相だから戻りましょう」

三人が立ち去ると、二羽の雲雀は巣の近くの葦の中に消えた。

哲也は春の青空を見上げていた。どうしたんですか、哲也さん、何か見えるんですか？

理香子の声がした。哲也は黙って空を仰いでいた。今しがた、青空に舞う鳥を見た時、哲也は、これと同じ空を以前どこかで見た気がした。たしか、その時、鳥の声と川のせせらぎが聞こえて、空が揺れていた。そう、空が揺れていた。哲也の両手は誰かの手と繋《つな》がっていた。耳の底からメロディーが聞こえた。哲也はメロディーに合わせてハミングした。

「あらっ、その歌知ってるわ、私。みいんな可愛いい小鳥になって……、晴れたみ空に靴が鳴る……」

理香子の声がした。

——そうか、この川岸を皆で歩いたのか。

哲也は呟いて、理香子と竜一を見た。春の陽差しがまぶしそうに目をしばたたかせて竜一が哲也を見ていた。理香子の短い髪を川風が揺らしていた。

「少しだけ手を繋いで歩いていいかな」

哲也の言葉に、竜一と理香子が顔を見合わせた。

キャッチボールをしようか

聖橋《ひじりばし》は、関東大震災の後、東京復興の事業のひとつとして建設された橋で、本郷の湯島聖堂と駿河台《するがだい》のニコライ聖堂の、ふたつの聖堂に掛かる橋ということで、名称を聖橋とした。

朝夕は、総武・中央線の御茶ノ水駅と地下鉄、千代田・丸ノ内線を利用する大勢の人たちがこの橋を渡っていくが、昼中はむかいのお茶の水橋に比べるとぱらぱらと人影を見る程度である。

それでも神田川に掛かる百四十余の東京の橋の中で、聖橋はとりわけ美しいアーチ型の鉄筋の表面を石板装飾された橋であり、かつては本郷、上野、浅草、後楽園、小石川、といった下町を見渡せる、東京の名所のひとつであった。

とくに聖橋から眺める夕日の美しさは格別であった。

三月の中旬、川辺次郎《かわべじろう》は三十年振りに、この橋の上に立った。郊外とは言え、同じ東京に住みながら、神田、本郷界隈《かいわい》を訪ねることはあっても、この橋に来なかったことが、川辺には不思議に思えた。

川辺は橋の中央に立ち止まり、周囲を見渡しながら呟《つぶや》いた。

「あっと言う間の三十年だったということかもしれない……」

川辺は橋の欄干《らんかん》に身体を預けた。橋は昔より綺麗《きれい》に磨《みが》き上げてあった。石の肌合いがひんやりとした。橋下を見ると神田川の堤《つつみ》に梅の木が花を咲かせ、花木が川面に映っていた。オレンジ色の電車が、その花を揺らすように駅舎の中に入っていく。目を上げると後楽園の方角に見慣れぬ高層ビルが二棟、空にむかって伸びていた。

「これではせっかくの夕日も台無しだな」

その時、左方から鐘の音がした。ニコライ堂の時間を告げる音だろうか。腕時計を見た。正午である。

川辺は橋の上で時計を見つめているうちに、今と同じことをずいぶん以前にしたように思った。

——……昔、この橋の上で人を待っていたことがあった……。

東京は丘の多い街である。

大きなバターナイフでざくりと関東ローム層という粘土地質を削《けず》り取った上に、この大都市が、無数の建物をかかえているように思われがちだが、よくよく見ると各所に大小の丘陵と、そこから下る傾斜地と谷が点在している。それは東京の町の名称に坂と谷のつく町名が多いことをみればわかる。

大正から昭和のはじめに、外国人が〝新東京〟と呼んだ、この街に海外からの移住者がやって来た。彼等異邦人たちは、世界中のどこの都市でも同じだが、低地や谷に居を構え、商いをはじめる。駿河台の台地の下、つまり谷になった場所にも早くから中国からの移住者が多く住み付き、今でもこの界隈には彼等が営む何軒かの中華料理店や貿易商がある。

川辺が三十年振りに聖橋の上に立ったのは、彼の学生時代の同級生であった徐康夫《じょやすお》の七回忌に招かれたからだった。六年前の四月、徐の訃報《ふほう》が届いた。彼は長い出張から戻り、その訃報を知って神保町《じんぼうちょう》にある徐の一族が経営する料理店へ挨拶《あいさつ》に出かけた。葬儀はすでに終っており、川辺は香典《こうでん》だけを身内に渡し、昼食を馳走《ちそう》になって引き揚げた。三回忌は川辺の転職のごたごたで出席できなかったので、七回忌はぜひ線香を上げようと出かけてきた。ところが着いてみると法要が行なわれるはずの徐の料理店は普段どおりに営業しており、従業員が昼の定食の看板を表に出そうとしていた。法要の日時を間違えていた。時間の十一時は合っていたが、肝心の日付を十七日と十九日を読み違えていた。川辺は己の間抜け振りに呆《あき》れた。若い時代なら、こんなことは決してしなかった。川辺はばつの悪さに素知らぬ振りで店の前を立ち去り駿河台の坂を歩き出した。すっかりと変わりはてたM大学やC大学の建物、出版社のビルを眺めながら御茶ノ水駅へ出た。このまま石神井《しゃくじい》公園まで帰るのも癪《しゃく》であった。それでお茶の水橋の上から周囲を見回していると、聖橋が目に止まった。

「ずいぶんと変わったものだ……」

川辺は聖橋の上から飯田橋方向を眺めながら呟いた。それから東京湾の方角を振りむき、昌平《しょうへい》橋の鉄橋の先端が覗《のぞ》いているのを見つけ、彼は信号を渡り、橋の東側へ行った。そこからの景観は、以前なら見えていた上野の山がビルに隠れていたものの、右手のニコライ堂、左手の湯島聖堂もはっきりと見えたし、昌平橋の手前で神田川が少し右に折れるあたりにちいさな雑居ビルが立ち並んでいた。かつて、その一帯には木造の平屋建ての家が密集し、川に落ちてしまいそうなほど傾いたバラック小屋があった。今は新しいビルのはざまで寄り添うように残った雑居ビルであったが、その風情には三十年前の面影が残っていた。漁船やベカ船が繋留《けいりゅう》され、水上生活者たちも、あの周辺に大勢いた。過去の光景がモノクロームでよみがえった。

「たしかあの一角に撞球屋《どうきゅうや》があったはずだ……」

モノクロームの記憶の中に、数人の若者が笑いながら淡路町《あわじちょう》界隈を歩く姿が浮かび、撞球場の両開きの扉《とびら》を勢い良く押し開けた時の余韻《よいん》を残す音が耳の底に響いた。見憶えのある玉を突くうしろ姿が振り返ると、生意気盛りの学生だった徐の顔がボタンを外したシャツの赤色とともに色彩を帯びてよみがえってきた。

川辺はあざやかに浮かび上がった記憶を見つめながら、かすかに口元に笑みを浮かべた。

——よう、ジロー、昨夜はどこで遊んでたんだよ。銀座か、まさか六本木の田舎《いなか》で牝《めす》狸《だぬき》に遊ばれてたんじゃないだろうな。

徐の甲高い声が耳の奥に聞こえた。半日前の、いや一時間前のことは不気味なほど忘れてしまうのに、何十年も前のことが、こんなに鮮明に思い出されることが妙であった。

川辺は神田明神《かんだみょうじん》、湯島天神や上野の山があるはずの左手に目をやった。境内は生い茂る湯島聖堂の木々と新しいビルに遮られて、それらのものも見えなかった。

川辺の視界に、彼と同じように橋の欄干に身体を凭《もた》れている若者の姿が映った。

すらりとした体軀《たいく》で、長い足の膝頭《ひざがしら》で欄干を突くようにし、頬杖《ほおづえ》ついて橋の下方を見つめている。その姿が春の風に吹かれて清々しい感じを与えた。風になびく髪がやわらかに揺れ、涼しげな目元が自由な未来を見つめているように思えた。

爽やかな横顔が、川辺の知っている誰かに似ているが、それが誰なのかすぐに思い出せなかった。遠い日に笑い合った誰かである気がする……。

美しい立ち姿だと思った。十数メートル先に立つ若者にだけ春の陽差しが当たっている。若いというだけで、見る人には彼にだけ光が注《そそ》がれているように映るのかもしれない。

――いや、この若者が美しいのだろう。

川辺は胸の中で呟いた。高校生くらいだろうか、それともこんな日中に橋の上に立っているのだから、ここらあたりの大学へ通う若者かもしれない。

その時、若者が川辺の視線に気付いて、こちらをむいた。川辺はあわてて昌平橋の方に目をむけた。一瞬、見つめた顔が昌平橋の上を流れる雲に浮かんだ。綺麗な面立ちをしている。背後を若い女学生たちが話しながら通り過ぎた。同じ年頃の女性たちが近づいても若者はじっと橋の下を見つめたままだった。

「何を見てるんだろうか?」

川辺は気になって若者の視線が注がれている橋の下方を見渡した。これといって興味を引かれるものがあるわけではなかった。川辺は妙に若者のことが気になった。この橋の上に先刻からずっと立っているのは、川辺と彼だけだった。

「うん、この麵《めん》はたしかに美味《うま》いね。何て名前だっけ、この香りのする葉っぱ?」

少年は川辺が注文してやった中華麵を食べながら言った。

「香菜《シャンツァイ》だよ」

「そうそう、カオリが好きなんだよ」

大学生か、高校生と思っていたが、中学生と聞いて川辺は最近の若者の体軀が大きいことをあらためて知らされた。

「それで、妹さんの、カオルっていう名前でしたか……」

「カ、オ、リだよ。香水の香に、ふる里の里で香里だよ」

「そうか、香里さんの身体の具合いはどうなの?」

病院に入院している妹を見舞った帰りだと言う少年に川辺は訊《き》いた。

「うん、あんまり良くはない……」

その時だけ少年は顔を曇らせた。

それは川辺が少年と話すようになってから、初めて見せた不安な表情だった。

橋の上で声を掛けてきたのは少年の方からだった。

「あの、すみません。今、何時でしょうか？」

少年は川辺に歩み寄って時刻を訊いた。

「一時を少し過ぎたところだ。君、さっきからずっと何を見ていたの？」

川辺が訊き返すと、少年は下方の左の堤を指さして言った。

「あの木の真ん中に枝が集まったところがあるでしょう。あそこに鳥が巣を作って、卵がかえってヒナがいるんだ」

川辺は少年の指さした方を見たが、鳥の巣がどこにあるのかわからなかった。川辺が目を凝らしていると、

「ほらっ、桜の木の隣りのビニール袋が枝に引っかかってる木のすぐ左下だよ」

と頰《ほお》を寄せるようにして説明した。甘酸《あまず》っぱい匂《にお》いが少年から漂ってきて、川辺は少し緊張した。

「ああ、あれか。本当だね。無事に育ってくれればいいけどな」

川辺の言葉に少年は頷《うなず》き、

「このあたりは鳥が多いからね。親鳥も大変だよね……」

と心配そうに言った。

「ここにはよく来るのかい？」

「うん、妹がそこのＪ病院に入院してるから」

その時、少年のお腹がきゅんと音を立てた。思いがけず空腹を告げる音が身体から出たのが恥ずかしかったのか、少年は怒ったように川辺から離れていこうとした。

「君、ちょっと君……」

川辺は少年に昼食を一緒に摂《と》らないか、と誘った。川辺の言葉を怪訝《けげん》そうな顔で聞いていた。

「いや、三十年振りにこの橋に来てみて、学生時代を思い出してしまってね。君のような学生さんと昼飯でも食べてみたくなったものだから……」

川辺が戸惑ったように言うと、少年はすぐに白い歯を見せて、川辺の隣りを歩きはじめた。

神保町にある中華料理店に入り、川辺は店の自慢料理を注文した。屈託のない少年であった。

妹の病状を話した時、少年の顔に一瞬翳《かげ》りのようなものがあらわれたのを見て、

「大丈夫だよ。Ｊ病院は東京でも指折りの病院だし、優秀な先生が多いから」

と川辺がなぐさめると、

「いくら優秀なお医者さんがいても医学って人間の病気を完全に治すことはできないらし

いよ。取りあえず目に見える悪いところを切り取るとか熱を下げるとかしかできないんだ。病気を本当に治すのは本人の力だって。香里はもう四年も病院にいるんだ。病気を治す力が足らないんだ」

少年は素っ気なく言って、女店員が持ってきた蒸《む》し籠《かご》の中を覗き込んだ。

「小籠包《シャオロンパオ》だ。結構、美味いものだよ」

少年は取り箸《ばし》を手にし、皿にひとつ小籠包を載せ、川辺に渡した。躾《しつけ》のいい子なのだ、と思った。

「でも中学生だとは思わなかったな。そんなに身体が大きいのは何か運動でもしていたのかい？」

「何もしてない。クラスには僕より大きな奴は何人かいたよ。さっき中学生って言ったけど本当は先週、卒業したんだ」

「そう、じゃ四月には高校生ってわけだ」

「違うんだ」

「違うって何が？」

「今日が高校入試の発表の日だったんだ」

「そうか、それで希望の高校へ入れたのかい？」

「発表は見に行ってない」

少年は小籠包をもうひとつ取って口に入れた。

「自信があるから大丈夫ってわけだ」

川辺は笑って少年を見た。少年は口をふくらましたまま首を大きく横に振り、口の中のものを呑《の》み込んで言った。

「不合格なんだ」

「どうしてわかるんだ?」

「答案用紙を白紙で出したもの」

そう言って少年はコーラを喉《のど》を鳴らして飲み干した。

「えっ、どういうことだい?」

「だから高校へは行かないんだ」

「そんなことをして家族の人は怒らないの?」

「家族って言ったって母さん一人だもの。それと香里だし」

「じゃ母さんが哀しむだろう」

「たぶん泣くだろうね」

少年は表情を変えずに言った。

「……そうか、君は不良なんだ」

「不良か……。そうかもしれないね。でも母さんの言うことに逆らったのは、これが初めてだから、たぶん今日から僕は不良になるのかもしれない」

川辺は腕組みして少年を見つめた。

「おじさんはどんな学生だったの？」

少年が訊き返した。

「私か……。そう言われてみれば私も不良だったな。そうか、君と同じか」

川辺は笑いながら頭を掻《か》いた。川辺の笑い声につられて少年が笑った。右頬に片えくぼが見えた。

そのえくぼを見つけた途端、川辺は少年がハルミに似ていることに気付いた。先刻から少年と話をして、胸の隅がざわめくような奇妙な感覚がしていた理由が、ハルミとよく似ていたからだとわかった。

少年は食事を終えると手持ち無沙汰《ぶさた》にして、店内を見回していた。おそらくこの店を出たら、少年は去って行くだろう。川辺はもう少し少年と居たい気持ちになっていた。妹の病気のことも高校受験のことも強がりを言っているものの何か事情があるような気がした。

「高校へ行かなくとも立派な仕事をしている人はたくさんいるよ。むしろそういう人の方がちゃんと生きてる人が多いな。それで君はどんな仕事をしたいんだい？　あっ、そう言えば君の名前を聞いてなかったね。私は川辺次郎だ。君は？」

「高橋耕太《こうた》。田を耕やすの耕に太いっていう字だよ」

「耕太君か、いい名前だね。耕太君、どんな仕事をしたいか、私に話してくれないか。食事をつき合ってくれたお礼に相談に乗るよ。今日逢《あ》って別れてしまうんだから、母さんや学校の先生より話し易《やす》いだろう。それに少しは人生の経験もあるしね」

おどけて胸を叩《たた》いた川辺を少年はたしかめるような目で見ていた。


川辺の座る喫茶店の席からニコライ聖堂の十字架が見えていた。

十字架のそばに鳩が数羽とまっていた。川辺は少年が病院から戻ってくるのを待っていた。目の前の古い革のシートは少年が座っていたところだけがへこんでいた。その凹みは少年が抱えてきた重みのように思えた。

先刻、その席で少年が打ち明けてくれた話が思い出され、彼の質問にあんなふうにしか返答ができなかった自分を川辺は悔んでいた。

中華料理店を出て、二人は喫茶店に入った。少年は注文したコーラフロートのアイスクリームを勢い良く食べ、コーラを一気に飲み込んでから、川辺の目を覗き込むようにして訊いた。

「おじさん、人は命の取り替えっこはできないの？」

「えっ、何と言ったの？」

「命の取り替えっこだよ。僕の命と誰かの命を取り替えるんだよ」

からかわれていると思ったが、少年の真剣な目を見て、川辺は少年が何を言いたいのかを考えていた。

「だから僕の命と引き換えに誰かの命を助けるってことだよ。トランプのゲームにあるだろう。自分に配られたカードの手がひどい時に全部を取り替える奴だよ」

——誰かの命……。

少年の説明に川辺はようやく相手が何を言おうとしているのかがわかった。

——妹の具合いはそんなに悪いのか。

川辺はコーヒーをゆっくりと飲みながら真っ直ぐ自分を見つめ返答を待っている少年を見ていた。何と返答すべきかと考えた。十五歳とはいえ、物事の道理はちゃんとわかっているはずである。なのにお伽噺《とぎばなし》のような質問をしなくてはならないほど、少年には切羽詰った状況があるのかもしれない。川辺は口の中にひろがったコーヒーの苦味を消すためにテーブルの上の水を飲んだ。

「人の命はカードとは違うから、それはできないだろうね」

川辺の返答に少年の左目が痙攣《けいれん》したように数度動いた。

「そうかな……。じゃ、神様はいるの？　僕が言っている神様って、キリストやブッダのことじゃないよ。それよりもっと大きな僕たちや宇宙をこしらえた奴のことだよ。僕等のことを見ていて何でも自由にしてしまう奴のことだよ。おじさん、〝E・T・〟っていう映画見たことがあるでしょう。あの映画の中でE・T・が少年と指先を合わせると命がよみがえっただろう。あれは映画だけの話だと思う？」

少年の気持ちがわからぬでもなかった。川辺もかつて同じことを考えたことがあった。

「映画が人生とは違うことは君はわかっているだろう。神様がいるかどうかは私には正直なところわからない。ただ……」

「ただ何？」

少年が身を乗り出すように川辺の目を覗いた。

「ただここまで生きてきて、神様は……」

そこまで言って川辺は少年の背後の壁に掛けてあった時計の針を見た。

「耕太君、そろそろ香里ちゃんの夕食の時間じゃないのか。どうだろうか、この話の続きは君が病院から戻ってきてからしないか。どこかで夕食でも食べよう。私がご馳走するから……」

川辺は兄妹の母親が何かの事情で彼女の故郷の鹿児島に戻っているのを少年の口から聞いていた。

「戻ってくるかどうかは約束できないよ。おじさんは僕の質問にちゃんと答えてくれないしね」

不満そうな少年の目を見て川辺は言った。

「君の質問は難しいんだ。私もここで答えを考えてみるよ。嫌なら戻ってこなくともいいよ。六時までは私はここにいるから……」

「そう。たぶんもう戻ってはこないな。ごめんね。別におじさんを困らせようと思って訊いたわけじゃないんだ。おじさんには何となく話せたからなんだ。じゃ行くよ。ご馳走さま」

少年は立ち上がると川辺に手を差し出した。

川辺は座ったまま少年の手を握った。熱い手だった。

少年が席を立ってから小一時間が過ぎていた。ガラス越しに映ったニコライ聖堂の彼方の空が傾きかけた春の陽に色を濃くしている。川辺は新しいコーヒーを注文し、手の中に残った少年の手のぬくもりをたしかめるように皺《しわ》だらけになった手のひらを撫《な》でた。

「おじさん、人は命の取り替えっこはできないの?」

子供じみた会話であるが、川辺には少年を笑うことはできなかった。人間は親しい人の死を目の前に突きつけられると、救いを求めるために口から零《こぼ》れ出す言葉は子供じみたものになるのかもしれない。言葉は単純なものとなり、さらに突き詰めれば言葉さえが無力に思えてくるのだろう。よほど切ないものを少年は日々見ているのだろう、と川辺は思った。

川辺は妹の容体を尋ねた時、少年が見せた一瞬の顔の翳りをもう一度思い浮かべた。

「答案用紙を白紙で出したもの」

少年の言葉が耳の奥でした。

聡明そうな顔立ちをしていた。神の存在を尋ねた時も、キリストでもブッダでもないと言っていたから、あの年齢にしては物事をしっかりと捉える能力があるのだろう。それは寓話《ぐうわ》的な質問のしかたでもうかがえた。ひょっとしてあの少年は自分が高校へ進学することを妹に気遣《きづか》って拒否したのかもしれない。母と兄妹の三人家族と言っていたから、家庭の事情で、進学することで母親に負担をかけたくないと考えての行動とも思えた。それともあの年頃の若者にありがちな、気まぐれや我儘《わがまま》でそんな行動をしたのだろうか……。

「いや、そうではあるまい。あの子は自らそれを選んだのだろう」

川辺は呟いた。ほんのいっときしか少年と接していなかったが、彼には少年の誠実さが伝わっていた。十五歳という年齢は、生死を見つめることでは充分に大人である。そう考えると、少年の置かれた立場は切なすぎるように思えた。年齢には関係がなく容赦のない運命が人には与えられてしまう。誰がそんなことをするのだ……。

「神様はいるの？」

川辺を見つめた少年の目に、涙があふれそうな付け睫毛《まつげ》をしたハルミの目が重なった。

十三年前の冬、病室で川辺にそう問いかけたハルミは、沈黙していた川辺にベッドサイドのグラスを投げつけた。

「あんたはいつだって、そんなふうに何も言おうとしない。自分を一度だって私に見せたことがないのよ。私がこんなふうになったのは、あんたのそんな生き方が嫌だったからよ。出て行って。二度と顔を出さないで」

病室のドアを叩く看護婦の声がした。倉本《くらもと》さん、静かにして下さい。川辺は病室の床に散らばったグラスの破片を拾いながら、ドア越しに廊下の看護婦に毒突くハルミの声を聞いていた。見舞いに来る度に諍《いさか》いになった。しかしハルミにはわずかな友人しかいなかった。その友人たちはハルミは川辺が見舞いにくるのを心待ちにしている、と連絡してくる。

「看護婦さんが言ってたけど、ハルミちゃんはジローさんが見舞いにくる時だけお化粧をするんだって……」

ひやかし半分に言うハルミの友人たちの会話を酒場のカウンターで聞きながら、川辺はハルミに何もしてやれない自分がもどかしかった。

ハルミが十五年前に日本を離れ、ニューヨークで恋人を見つけ幸福な結婚をしたという噂《うわさ》を川辺は酒場で出逢う彼女の友人たちから聞いていた。そのハルミから川辺の会社に国際電話が入ったのは、彼女が帰国する一年前だった。

「ジローちゃん。仕事場に電話してごめんなさいね。急に声が聞きたくなっちゃって。ジローちゃん、まだ独りなんだって？　五十歳で独身じゃ可哀そうね。私、すぐに飛んで帰ってジローちゃんと暮らそうかしら。私も大人になったから今度は上手《うま》くいく気がするわ」

「気持ちだけ貰っとくよ。元気なのか。結婚したらしいじゃないか」

「ふん、アメリカ人なんて皆大うそつきよ。情がないのよ。人情が……」

ハルミは酔っ払っていた。それがひさしぶりに聞いたハルミの声で、帰国したハルミはすぐに病院に入った。

エイズを発症していた。ハルミの病気は仲間たちにすぐにひろまった。川辺にハルミのことを報《しら》せてくれたのは新宿で酒場を営む佐々木吾朗《ごろう》だった。

「見舞いに行ってあげて、ハルミはジローちゃんを待ってるわ。一人で行きにくいようなら私が一緒に付いて行ってあげるから……」

病院の住所を聞き、川辺は医師に逢って病状を聞いた。今と違ってエイズの薬は少なく、延命療法で死を待つだけの状態だった。

十数年振りに逢ったハルミは昔のままに川辺には見えた。大きな付け睫毛をしショートヘアーの髪を少し染めていたものの、目鼻立ちのはっきりした顔には六本木で人気を独り占めしていた面影が残っていた。

「私、歳を取ったでしょう?」

「いや、ちっとも変わらないよ。昔のままだ……」

川辺が倉本晴美《はるみ》と出逢ったのは、東京オリンピックが終った翌年の六本木だった。

川辺にハルミを紹介したのは遊び仲間の徐康夫だった。

「こいつハルミ。今、六本木の一番人気。めちゃくちゃもててるらしいぜ。これは俺の友《ダチ》でジロー」

徐はハルミを口説《くど》いているという有名な男優の名前を川辺の耳元で囁《ささや》いた。

ハルミは一瞬、川辺の顔を見つめて、それからは素っ気のない態度で仲間と酒を飲んでいた。当時の六本木は淋《さび》しい街で、数軒の酒場とイタリアンレストランに米軍の兵隊が来るハンバーガーショップがあるだけだった。その夜明け方、川辺はハルミと二人だけになり、彼女を霞町《かすみちょう》まで送って行った。

「ねえ、ジローちゃんは何が好きなの?」

「俺か、別に好きなものはないな」

「私はキャッチボールが好きなんだ。だって暴投をした人がボールを拾いにいかないで受ける人が走っていくでしょう。悪い、悪いなんて声を聞きながら、いいよ、なんて声を返してさ。面白いよね。あの感じ。それにキャッチボールをすると、その人のことがよくわかるような気がするの。受け止めた時の感触で、強さや、やさしさや、切なさまでが伝わってくる気がするの。ねぇ、キャッチボールをしようか」

そう言ってハルミは先に霞町の坂道を走り出し、立ち止まって振りむくと、行くよ、と声を掛けて、ボールを投げる恰好《かっこう》をした。驚いて立ちつくしている川辺に、ほらほらボールが行ったよ、受けて、と大声で言った。川辺は笑ってボールを受ける仕種《しぐさ》をした。投げて、とハルミの声に、川辺はボールを投げ返した。それをハルミは数歩下がりながら受ける仕種をし、また投げ返した。二人は笑いながらボールのないキャッチボールをした。途中、坂下の交番から自転車に乗って登ってきた警察官が二人がしていることを奇妙なものでも見たように眺めて通り過ぎた。

最初、徐がハルミに惚《ほ》れて夢中で追い駆けていたが、ハルミが男だとわかって徐は興醒《ざ》めしたかのように手を引いた。時折、ハルミから連絡があり、川辺はハルミとデートをした。キャッチボールもそうだが、二人して球場にナイター観戦に行った。ほどなく二人は身体を許し合う仲になった。川辺は男同士のセックスは初めてだったが、ハルミは川辺を巧みに導いてくれた。抱き合った朝にハルミは川辺に逢った時から、一目惚れをしていた、と打ち明けた。


戻ってきた少年の表情は暗かった。

川辺は少年が逢いにきてくれただけで嬉《うれ》しかった。二人は喫茶店を出て歩き出した。

「何を食べようか。卒業のお祝いに何だってご馳走するよ」

「おじさん、どうして僕に親切にしてくれるの。妹が病気で、試験に落ちた僕に同情をしているから？」

川辺は立ち止まって少年を見て言った。

「同情？　そんなことを私はしない。第一、それくらいのことで同情をするのは君に失礼だと思う」

少年は川辺を見上げて、白い歯を見せてこくりと頷いた。

新宿へむかうタクシーがＪ病院の前を通った時、少年が病院を見上げているのを川辺は黙って見ていた。

回転寿司に行きたいと遠慮がちに言った少年の希望で、川辺は初めて回転寿司に入った。システムに慣れない二人は周囲の客たちがするのを真似《まね》ながら食べはじめたが、途中、少年が取った皿を戻そうとしたのを見て店員が大声で注意をした。その拍子に少年が皿を床に落とした。坊や、その分は勘定に入りますよ、と店員が横柄な態度で言った。戸惑いながら床からご飯を拾おうとする少年を見て、川辺は立ち上がって大声で店員にむかって言った。

「何だ、君のその態度は。彼は鮨に髪の毛が付いてたから、それを戻そうとしたんだ。なのに君の口のきき方はなんだ。彼は子供じゃないんだ。この春から社会人になる私たちの仲間だ。失礼じゃないか。謝れ」

川辺は少年が鮨種を指さし、髪が……、と小声で呟いたのを聞いていた。店の客たちが一斉に川辺たちを見ていた。

店を出て二人で歩き出した。川辺は大声を出した自分を大人げないと思った。人前であんなふうなことをしたのは生まれて初めてだった。顔がずっと火照《ほて》っていた。

「ごめんなさい……」

少年が消入りそうな声で言った。

「君が謝ることはない。男は人に易々と謝っちゃ駄目だ。君が正しいんだから。鮨を食べ直そう」

「もういいよ」

「いや私は食べる。何が何でも食べる」

少年がクスッ、と笑った。

以前、通ったことのある寿司屋に入ると、店は満席であった。顔を見知った主人の姿はなかった。座敷で相席なら、と言われ、二人は座敷に上がった。少年が親指の覗いた靴下をそっと隠した。二人のむかいにヤクザ風の男と出勤前のホステスが座っていた。男が川辺と少年に睨《にら》むような視線を送ると、少年が川辺に身体を寄せてきた。川辺は相手から目を逸《そ》らさずに睨み返した。相手が眉をつり上げた。かたわらのホステスが男の手を叩いた。

鮨を注文し、店員が飲み物を訊いた。

「僕、ビールが飲みたい」

　少年がはっきりした声で言った。川辺は少年を見た。未成年に酒を飲ませては、と思ったが、川辺は自分が彼と同じ年には酒を飲んでいたことを思い出した。川辺は一晩くらい少年に羽目を外させてやりたいと思った。

「そうだな。耕太君の社会人になる祝いだものな。もう大人だ」

　ビールが来て乾杯した。少年は勢い良くビールを飲み、大きな噯気《おくび》を出して笑った。むかいのホステスが微笑《ほほえ》んだ。男が川辺に会釈した。川辺は戸惑いながら会釈を返した。鮨を食べはじめると、むかいの客が立ち上がった。少年は男と女が店を出ていく気配を探るように目線を背後に送っていた。そうして二人が出たのを確かめて、チェッと舌打ちし、吐《は》き捨てるように言った。

「おじさん、僕の母さん、ホステスをしてるんだ。あいつ本当は鹿児島の実家へ行ったかどうかもわからないんだよ」

　川辺はグラスを持った手を宙で止めた。

「そんなふうに言うもんじゃない。ホステスの仕事も立派な仕事だ。自分の母親をあいつなんて言っては駄目だ。君は間違ってるよ」

　川辺は強い口調で叱《しか》った。

「…………」

少年はそれっきり黙り込んだ。やり切れないような沈黙だった。

この子は無器用なのだと思った。それが自分に似ていた。少年を連れ出した自分の気まぐれを川辺は悔んだ。

――そりゃ、そうだ。赤の他人に誘われ、その上説教をされれば彼でなくとも怒る。

川辺はいつも他人とこんなふうに気まずくなってしまう。うわべだけを取り繕《つくろ》い、正直に自分をさらけ出すことができない。ハルミと暮らせなかったのも世間体を気にしてであった。

「あんたは自分を一度だって私に見せたことがないのよ。あんたのそんな生き方が私は大嫌い」

涙で付け睫毛が浮き上がったハルミの泣き顔が目の前のグラスに揺れた。

――早く彼を病院に戻してやろう。

川辺は立ち上がった。会計を済ませ、俯《うつむ》く少年と二人で店を出た。春一番か、足元を攫《さら》うような風が吹きつけた。

「おじさん、今夜は有難う」

少年がちいさな声で言った。

「いや、私の方こそつき合わせて済まなかった。それに勝手な話をして許してくれ」

「そんなことはないよ。僕はおじさんと一緒に居ることができて嬉しかったよ。母さんのことをあんなふうに言ったのは謝るよ。ごめんなさい」

頭を下げてから川辺を見た少年の顔が酒を飲んだせいで真っ赤になっていた。

「少し歩こうか。その顔で病院に戻ったら叱られてしまう」

「平気だよ」

「いいから少し風に当たろう」

二人は雑踏の中を歩き出した。川辺は少年の素直さに、己の身勝手な態度を恥じた。

「おじさん。僕はおじさんを尊敬したよ」

少年が歩きながら言った。

「私はそんなんじゃないんだ。君の方がよほど立派だ。頼むから、そんなふうに思わないでくれ。私のような人間になっちゃ駄目だ」

「そんなことはない」

少年が大声で言った。川辺は立ち止まり、大きく息を吐いた。少年は目をしばたたかせて川辺を見上げていた。

〝SASA〟の扉を開けて、川辺が顔を覗かせると、開店の準備をしていた佐々木吾朗は幽霊にでも逢ったように川辺を見つめ、

「えっ、本当にジローちゃんなの？」

と両手で顔を覆い、手招いた。

川辺が少年を連れて店に入ると、吾朗は彼に微笑んだ。

「ひさしぶりだな。ゴロー」

「ハルミちゃんのお葬式以来よ」

「私の知り合いで高橋耕太君だ。耕太君、ゴローさんだ」

少年は吾朗に挨拶し、暗い店の中を見回していた。

川辺が少年をこの店に連れてきたのは、彼がもう少し一緒にいたいと言い出したことと、少年が川辺のことを誤解しないように自分のことを話すつもりだったからだ。

新宿二丁目の交差点でタクシーを降りた時、少年はあらかじめ知識があったらしく、群がる若者を見て小声で囁いた。

「ねぇ、おじさん。この連中皆ホモなんでしょう」

「皆が皆そうなのかはわからないが、そういう人が多いな。そういうふうに生きてる人は嫌いかい？」

川辺が聞くと、少年は唇をすぼめて小首をかしげ、

「気持ち悪いな」

と言った。

「おじさんもそうだよ。いや、正確に言うと、そうだったってことかな」

川辺が言うと、少年は目を丸くして川辺を見返した。川辺はこくりと頷いた。

少年はすれ違う若者を好奇の目で見ていた。若者の中には春休みに入って地方からやってきた中・高校生もいた。

「ゴロー、お酒の入っていない飲み物をやってくれ」

少年がトイレに入った。吾朗が近寄ってきて囁いた。

「ねぇ、あの子、ハルミに似てない？」

「君もそう思ったか。でも誤解しないでくれ。私たちはそんなんじゃないんだ。私はもうそっちは卒業だ」

「卒業なんかしっこないのよ」

吾朗が含み笑いをして言った。客が一組入ってきて、川辺は少年と奥のテーブル席に移った。少年の目が川辺を警戒していた。

「心配しないでくれ。私はもうホモを卒業してしまった。けれどホモは決して悪いことじ

ゃないと思っている。楽しい思い出もたくさんあったしね。ここに君を連れてきたのは、君に私のことを誤解して欲しくなかったからだ。私は君から尊敬されるような人間ではない。むしろ軽蔑されてもしかたがない男だ。私は自分のことが嫌でしかたないんだ……」

少年は黙って川辺の話を聞いていた。やがて酒を飲んだせいか、少年はうとうとしはじめ、上半身を傾けるようにして川辺の膝元で寝息を立てた。疲れていたのだろう。吾朗がカウンターの中から川辺を見て、ウィンクした。

——そうじゃないんだが……。

川辺は少年が目覚めるまでそっとしておいた。寝顔を見ると、やはりまだ子供に思える。こうして眺めると、ハルミとはまったく違う顔である。川辺は椅子《いす》の背に凭れかかった。左足にかかる少年の重みが心地良かった。天井の灯りのひとつが接触が悪いのか、時折点滅していた。川辺はぼんやりと揺れる光を見ながら、もし少年と妹が二人きりになっているのなら、川辺は三人で暮らしてもいいと思った。少しの貯えはあるし、少年が進学したいのなら、一年やり直せば済む。働きたいのなら相談に乗ってやろう。

——どうしてこんな気持ちになったのだろう。

川辺は首をかしげ、赤児がぐずつくような声を出した少年の背中をやさしく叩いた。何か夢でも見ているのだろうか。楽しい夢であればいいと思った。

川辺は少年に逢えてよかったと思った。少しずつ荒《すさ》みそうになっていた日々が、少年のやさしいこころねに救われた気がした。敢えて忘れようとしていたハルミの記憶も、少年のまぶしさが光を与えてくれたように思った。

小一時間して少年が目を覚ました。彼は最初、自分がどこに居るのかがわからない様子で川辺の顔を見つめ、それからテーブルの上の水を一気に飲んだ。

「さあ、送って行こう」

川辺は立ち上がった。

タクシーを拾い、J病院まで、と川辺は運転手に告げてから、

「いや、聖橋の上にしてくれ。耕太君、出逢った場所で別れよう。今日はどうも有難う。君には悪いことをした。橋で別れたら今日のことは忘れてくれ」

少年は何も返答せずに窓の外を見ていた。

タクシーが聖橋の袂《たもと》に着いた。二人は車を降りた。

「じゃ元気で」

川辺が少年に手を差し出すと、少年は右手をズボンで一度拭《ふ》いてから川辺の手をしっかりと握りしめた。川辺は少年が橋を渡りはじめたのを見て、逆方向に歩き出した。歩きはじめる背中で少年の声がした。

「おじさん」

川辺は振りむいた。少年は橋の中央に立っていた。

「おじさん、神様はいるんだよ」

「えっ、何だって」

「神様はいるんだって。僕は今日、この橋の上で神様を見たもの。おじさんも見たんだよ」

川辺は少年の言葉の意味がわからなかった。ただ本郷寄りのビルから降る光の中で少年の影がきらめいて揺れるのを見つめていた。

「今夜、香里にその話をしてやるんだ」

まばゆい光の中で少年の声だけが耳にこだましていた。光る影が、遠い日、この橋の上を駆けてきたショートヘアーの恋人に変わった。川辺は目を見開いて光る影を見直した。立っているのは少年だった。川辺は右手を振り上げ、光にむかってボールを投げた。するとと橋のむこうに立っていた少年が数歩うしろにステップしながら川辺のボールをキャッチし、跳ねるようにモーションを起こして、川辺にボールを投げ返してきた。川辺は両手で少年の投げたボールを受けた。たしかな重みが両手の中にあった。光が手の中にあふれた。

——そうだったのか。君もこのキャッチボールをしたことがあるのか。川辺は笑って少年を見返した。そこにはもう人影はなかった。

川辺は両手を胸の前に合わせたまま橋の上に立ちつくしていた。

その時、左手の彼方から歓声が聞こえた。川辺は思わず歓声のした方角に目をやった。

そこには夜空をオレンジ色に染めた野球場のカクテル光線がかがやいていた。

「おい、早く来てくれないとゲームが終ってしまうぞ」

川辺は呟いて、橋の欄干に身を乗り出すようにして球場の灯りを見つめていた。

麦を噛《か》む

ざわざわと、背後で麦の穂の揺れる音がしていた。

うなじを撫《な》でて河にむかう夜風は、数日前と違ってひんやりとしていた。その冷たさに覚えがある気がするが、京治には、その記憶が、いつどこで得たものか思い出せなかった。遠い日の記憶のような気がする。思い出せないのは、遠い日々のことだけではない。今日の夕暮れ、酒を飲みに出てから、自分がどこをどんなふうにうろつき回っていたのかも、はっきりとしなかった。

酔いが醒《さ》め、気が付けば、また今夜も、この堤《つつみ》沿いの高台に座っている。

この三年の間、忘れ去ったというより、無理に封じ込めていた記憶が、この長岡の街に来て、惨《むご》いほどあざやかによみがえった。

十日前の午前中、大学時代の親友、川西良一の十三回忌の墓参を済ませ、川西の姉の光江が車で家まで送っていくというのを断わり、川西家までそぞろ歩いたのがきっかけだった。

たわわに実った稲田の畔道《あぜみち》を、川西家の酒造工場から突き出した古い煙突を目指して歩いていた時、風に乗って耳に届いた音に立ち止まった。聞き慣れた音だった。少し甲高《かんだか》い人の声に混じって、時折、乾いた音がする。それが野球をしている音だと、京治はすぐにわかった。乾いた音は打球音である。しかも軟式ボールを金属バットで打つ音色だ。

——どこか近くで野球をしているんだ……。

そう思った途端、京治は音のする方角に歩き出していた。

彼は三年前の秋に、もう二度と野球を見ないと決めていたことも忘れて風にむかって歩いていた。迂闊《うかつ》と言えば迂闊だったが、少年の時から十七年もの間、野球に明け暮れていた京治の習性が何の躊躇《ためら》いもなく、そこにむかわせた。

草野球だった。日曜日の昼前だから、野球好きが集まってゲームを楽しんでいるような野球だった。

球場の一塁側のむこうに大きな運送会社の集荷場があって、何台ものトラックが並んでいた。あたりはぐるりと稲田が囲んでいたが、両サイドにベンチが置かれ、少し朽《く》ちかけてはいるがちいさなバックスクリーンもあった。野球好きが作った球場なのだろう、と京治は思った。

彼はバックネットの三塁側寄りに立って、ゲームを見はじめた。

野球を見るだけで、京治は胸がわくわくしてくる。その興奮は少年の日、原っぱで年上の子供たちが野球をしているのを初めて目にした夕暮れからずっと変わらない。

――あの兄ちゃんたちは、何をあんなに楽しそうに遊んでいるんだろう？

どの子供の顔も真剣で、大きく目を開き、夢中になってひとところを見ていた。その視線の中心に、白いボールを持った子供とバットを構えた子供が向きあっていた。ボールを持った子供が左足を高く上げ、ボールを投げた。乾いた音がして白球が青空に舞い上がった。同時に子供たちが声を出し、白球を追った。打った子供は懸命に走り出す。白球が草の中を転々とし、それを拾い上げた子供が走る子供にむかって白球を投げ返している……。大勢の年上の子供たちが、こんなに真剣にひとつのことをしているのを、京治は生まれて初めて目にした。

「ねぇ、あれ、何をしているの？」

京治は、一緒にお使いに出かけた姉の芙美子に訊《き》いた。

「野球よ。野球をしてるのよ」

「ヤキュウ？」

「そう、京ちゃん、野球を初めて見たの？」

「うん」

「男の子はみんな野球をするのよ」

「みんな？」

「そうよ。ああして日が暮れるまでやってるんだから……」

少し目を離した隙に何があったのか、子供たちが大声で言い合っていた。喧嘩をしているのかと驚いて見ていたら、やがて皆が大笑いをしはじめて、一人の子供が頭を掻きながらバツの悪そうな顔で手にしたボールを投げ返した。中心にいたボールを持った子供が振りむいて手を上げ声をかけると、背後の子供たちが一斉に手を上げ返し、声を出し合った。勇ましい遊びだと思った。ゆっくりと左足を上げボールを投げた。バットを手にした子供が勢い良くバットを振った。バットにボールは当たらず、勢い余ってその場に尻餅をついた。また、ドッと笑い声がした。立ち上がった子供が手に唾《つば》を吐きかけ、真剣な目で構え直した。

全員がひとつのものを見ていた。一個のボールを見ていた。ひとつのことに夢中になっていた。

その光景を見て、京治は子供ごころに胸の奥が熱くなった。

その日から京治は毎日、原っぱに野球を見に出かけた。やがて近所の顔見知りの兄ちゃんが仲間に入るように誘ってくれた。ルールを教えて貰《もら》い、初めて草の中を転がるボールを手にした時の感触を、京治は今でもはっきり覚えている。投手の投げたボールがバットに当たった瞬間、身体に伝わってきた独特の感覚は、他の遊びでは決して得ることのできない快感があった。

年上の子供たちが原っぱに集まる時刻が待ちどおしくてしかたなかった。雨の日になると、家の軒先から落ちる雨を恨めしそうに見上げていた。

小学校に上がり、新しい仲間との野球に加わった。早くから年上の子供たちと野球をしていたせいで、同学年の子供たちより野球をよく知っていたし、俊敏にプレーができた。京治は思わぬヒーローになった。それからは中学、高校と夢中で白球を追う日々だった。大学では野球部に所属しなかったが、キャンパスで知り合った同級生たちと同好会を作り、卒業までの五年間、気ままに野球を続けた。その仲間の一人に新潟から来た川西良一がいた。川西は高校の野球部で甲子園まで出場した選手だった。良一は京治より野球好きだった。同好会の野球部ながら合宿を提案し、彼の故郷の長岡へ、毎夏、皆して出かけたほどだった。良一の実家は百五十年続いた造り酒屋で、野球部全員が宿泊できる大きな屋敷があった。野球に夢中になり過ぎて、良一と京治は大学を一年留年してしまった。

良一は卒業後、東京の銀行に五年勤め、家業を継ぎに長岡に戻った。しかし四年後、癌を患い三十二歳の若さで他界した。その良一の十三回忌があり、京治は長岡に出かけた。大学時代に初めて訪ねた時から、川西家の人たちは京治のことを家族のように親切に接してくれた。良一の祖母、両親、姉たちは京治が訪ねてくるのをいつもこころ待ちにしていた。今夏の法事のことも早くから連絡があり、妻と別居をし、二十一年勤めた建設会社を春に退社した京治に、いつまでもここに居てもかまわない、と言ってくれた。その言葉に甘えたわけではないが、京治はもう十一日間も川西家に逗留《とうりゅう》していた。

一見すると気軽に草野球を楽しんでいるように映ったグラウンドの中の野球は、なかなか白熱したゲームをしていた。

両チームともぎりぎりの人数で試合をしているものの、どの選手も野球をよく知っていたし、何より真剣にプレーをしているところに好感が持てた。選手たちはよく声を掛け合い励まし合っている。野球というゲームはチームプレーに見えて、実は選手一人一人は孤独な面を持っているスポーツだ。ボールを二人で一緒に捕ることができないように、プレーはいつも一人で乗り切らなくてはならない。一人であるが一人で戦っているのではないことを確認し合うことが失策を防ぐことになるし、好プレーを生むようになる。そうしてゲームに勝利すれば皆で喜びを分かち合える。声を掛け合うことは、勝敗以前に野球の何かを分け合っているのでは、と京治は思う。

京治はキャッチボールが好きだった。キャッチボールをすると、相手の性格や野球への想いがはっきりと伝わってくる。どんなに下手《へた》な仲間でもキャッチボールをすれば、受け止めたボールの重みで相手の野球への想いがわかる。柔らかな球筋に、相手の胸の中にあるものがこめられている。良一と初めて、大学のキャンパスの隅でキャッチボールをした時、京治は、

――こいつ野球がよほど好きなんだ……。

と思わず笑ってしまった。

後から話を聞いてみると、良一も同じ印象を持っていた。

二人はよくキャッチボールをした。

居酒屋で飲んで騒ぎ、酔って店を出てからも、公園や広い道を見つけると、良一は京治に声を掛け、ポケットの中からボールを取り出した。どんなに酔っていても、二人が或る距離を保ってむき合った瞬間、時間は停まり、言葉は不必要になり、京治と良一の間の空気が妙にふくらみはじめる。

「行くぞ」

「ああ、いいぞ」

それだけの言葉に、野球のすべてがこめられている。

——どんなボールでも受け止めてやるから、さあ、思い切って投げてこい。

キャッチボールがはじまる瞬間、ボールを持った相手がひどくスローに動き出し、背中に隠れていた天使があらわれ、山なりの柔らかなボールを手にしたまま京治に近づいてくる幻影が見えたことが何度もあった。良一の背後からあらわれる天使は少し小太りで、よく笑う天使だった。

「何だよ、それ、勝手に妙なものを見て。京治、おまえの背中からはどんな天使が出てくるんだよ?」

天使の話をした時、良一が言っていた。

もう二十年以上前のことを思い出しながら、京治は草野球を見物していた。良一のことを思い出すのは、今日が彼の命日で、この田園が少年時代、良一が駆けていた場所だからだろう。こうして旧友のことを野球を見ながら懐かしむのは悪くない、と思った。

満塁のピンチを迎え、一塁側にベンチを置くチームの投手交代が行なわれた。投手が一塁に、一塁が右翼に行き、右翼手がマウンドに上がった。左腕の下手投げだった。まだ若いが、いいフォームをしていた。コントロールも良さそうだった。どんなピッチングをするのだろうか。ピッチングだけは打者が立たないと力量はわからない。ブルペンでどんなに素晴らしい快速球を投げていても、いざ打者とむき合ってマウンドに立つと、力の半分も出せない投手はいくらでもいる。練習と実戦が違うのは、設計図や模型と実際の工事が違うのと似ていた。入社して、最初に出向した工事現場で、設計図を手にして話を聞いていた京治は、現場監督から怒鳴りつけられたことがあった。

打者がバッターボックスに入り、さあ一球目を投げようとした時、捕手が立ち上がり、審判を振りむきタイムをかけた。守備をしているチームの選手の視線が一塁側のベンチ脇にある出入口にむけられていた。

そこにユニホームを着た一人の少年が、グローブを手にバットを肩に担いで立っていた。

京治は思わず声を上げそうになった。遠目だったが、息子の英治に瓜ふたつの少年だった。父親だろうか、捕手が少年の名前を呼んだのだ。少年が父親の声に頷《うなず》き、ぴょんと仔鹿がはねるようにしてグラウンドに入ってきて、はにかむように笑った時、京治は声を出していた。

「……英治、おまえ、やっぱり生きていたのか」

忘れ去るのだ、と自分に言い聞かせ、封じ込めておいたはずの息子の記憶が少年の穢《けが》れのない笑顔で、いっぺんにあふれ出した。

京治の目は少年に釘付けになった。ベンチの隅にちょこんと座り、バットを脇に立てかけて、膝の上にグローブを載せている姿は、三年前に英治がしていた仕草そのままであった。京治の立っている場所からは、はっきりと少年の目鼻立ちまではわからないが、京治の目には、最愛の息子の面影《おもかげ》だけが重なった。

その日から眠れない夜が続いた。京治は一人で酒を飲みに表へ出るようになった。

京治が一人息子を亡くしたことは川西家の人たちも、知っていた。それ以来、妻と別居をしてしまっている話も聞いていたから、毎夜、酒を飲みに出かける京治をそっとしておいてくれた。

閉店まで酒場で浴びるように酒を飲み、店を出ると、田園を歩き回った。それは記憶の糸を手繰《たぐ》り寄せているような徘徊《はいかい》だった。畔道を歩きながら、京治は自問した。

――俺はやはり英治を死なせてしまったのか……。俺のやったことは間違いだったのだろうか。

胸の奥で、そう呟《つぶや》くと、田園を吹いて流れる風の中から声が聞こえた。

「あなたが英治を死なせてしまったのよ。あなたのエゴで英治は死ぬ破目になったのよ」

妻の香津子の声だった。

香津子は京治を許さなかった。最愛の息子を夫の身勝手な行動で死に追いやったのだから、香津子が京治を許すはずはない。医師も同じことを京治に言った。

「紫外線が、直接、皮膚に当たることは避けられるべきだったと思います」

夜の闇の中に、京治を詰《なじ》るような目で睨《にら》んでいた妻の顔に、医師の戸惑う目が重なった。

——たしかに俺は息子に対して、無謀なことをしたのだろう。香津子が、あの夜、家を出ていく直前に、堪《こら》え切れずに口にした言葉が真実なのかもしれない……。

英治が病院で息を引き取ってから、通夜、葬儀、四十九日が、口を閉ざした夫婦の前を経過していった。明日は納骨という夜、妻は息子の骨を京治の家の墓には入れない、と言い出した。

「英治の骨は、私がずっと守ります。だから骨を持って実家に帰ります」

「そんなことをして何になるんだ?」

「あなたと英治を、これ以上関わらせたくないのです」

「死んでしまっても英治と俺は、息子と父親だ」

「違います。父親が息子に、あんなことをするはずがありません」

「俺は父親として、息子に最善のことをしたつもりだ」

京治の言葉に香津子の表情が変わった。

それは今まで京治が見たことのない、憎悪に満ちた表情だった。

「最善？　まだそんなことを言ってるの。あなたは子供に最悪のことをなさったんじゃなくて。あなたは息子を殺したのよ」

香津子にすれば、その言葉は何度も口の中で嚙《か》み殺してきたものだったのだろう。

京治は仏壇の前に立っている香津子を見上げた。妻の顔は痩《や》せ細り、般若《はんにゃ》の面のようになっていた。

「ずっとそう思っていたのか……。そうか、なら好きなようにしろ」

家を出ていく妻の足音を聞きながら、骨壺と写真が失せた仏壇の前で、京治は酒を飲み続けた。耳の底で香津子の声が木霊《こだま》のように、その言葉をくり返していた。

「あなたは息子を殺したのよ」

京治は堤防沿いの高台に座ったまま、香津子の声を聞いていた。


香津子と出逢ったのは、京治が新宿にある建設会社へ入社し、三年目の春だった。

香津子は京治の会社が入っている新宿副都心の高層ビルの総合受付で働いていた。京治の野球好きは、社会人になっても変わらず、会社の昼休みに後輩を引っ張り出して、キャッチボールをしていた。ビル群の中ではキャッチボールをする場所がなかった。公園もキャッチボールを禁止するところが多かった。京治はビルの守衛の目を盗んで、巧みにビルとビルのはざまにキャッチボールをする場所を見つけ、守衛に見つけられて咎《とが》められるまで、ゲリラのようにキャッチボールをしていた。

或る時、他所のビルの守衛に追い駆けられ、上手《うま》く逃げたものの、香津子の居た受付に、その守衛が文句を言いにきた。対応したのが香津子だった。翌朝、出社した京治を香津子が呼び止めた。

「あの、昨日、××ビルの守衛さんがあなたを探して怒鳴り込んできましたから、気を付けて下さい」

「何のことだ?」

「だからキャッチボールですよ」

香津子は昼休みが終ると、汗だくになって野球のグローブを手に戻ってくる京治を覚えていた。

「あっ、そう。それはありがとう。これから気を付けるよ」

京治が礼を言うと、香津子が、消防署の裏手にある空地なら、たぶん叱られないはずだ、と教えてくれた。

その日の昼休み、後輩と、その空地へ行ってみると、キャッチボールには恰好《かっこう》の場所だった。翌日も出かけると、香津子が女性と二人でベンチに座って昼食を摂っていた。京治が挨拶すると、香津子が笑い返した。それから時折、言葉を交わすようになった。

「キャッチボールって、そんなに面白いもんなんですか？」

「ああ、最高だよ。君も一度やってみるといいよ」

「えっ、私は無理ですよ。だって運動神経ゼロですもん」

「キャッチボールは運動神経でやるもんじゃないんだよ。ここでするんだよ」

京治は手にしたボールで胸を軽く叩いた。

「へえー、ハートでするんですか？」

香津子の目が興味深げに動いた。

数日後、京治は香津子にキャッチボールを教えていた。たしかに不器用だった。

「相手の胸めがけて投げるんだ。お互いが相手の受け止め易いボールを投げてやるんだ。それがキャッチボールの基本だ。別に遠くに離れて投げ合わなくてもいいんだよ。二人に合う距離があるんだ」

「そうなんだ……」

香津子は不器用だったが懸命にボールを捕球し投げ返した。最初の内は、三度に一度はボールを離すタイミングを間違え、とんでもない場所にボールを投げた。

「あっ、すみません」

「いいんだ。かまわない」

空地に生えた姫女菀《ひめじょおん》の草の中にボールを探しに入っていく京治を香津子は申し訳なさそうに見ていた。

香津子が買ってきてくれたサンドウィッチを二人してベンチで食べた。

「キャッチボールって変ですよね」

香津子がジュースを飲みながら言った。

「何が変なんだ？」

「だって変な所にボールを投げても、それを拾いにいくのは相手の方じゃないですか」

「……そうか、そう言われてみると、そうだね。今まで気付かなかったよ」

「それに以前おっしゃったように、二人に合った距離があるって、何か恋愛に似てませんか？」

「恋愛？　恋愛とは違うだろう」

京治がサンドウィッチを呑《の》み込みながら言うと、香津子はクスッと笑って、訊いた。

「恋のキャッチボールはなさってないんですか」

京治が咳込んだ。

それを見て香津子がまた笑った。

週に二度、その空地でキャッチボールをするのが二人のデートになった。

「京治さんの理想の結婚って、どういうのですか?」

「理想の結婚か……。考えてみたこともないな。ああ、そうだね。これが理想かどうかはわからないけど、結婚をして、もし男の子が生まれたら、その子とキャッチボールができたらいいな、と思ったことがあるよ。そんなのって変かな?」

「いいえ、ちっとも」

「ちっとも何なの?」

「ちっとも……、素晴らしいんじゃないですか」

「ちっとも素晴らしいか……。君は面白い人だね」

「面白いだけですか?」

香津子が京治の顔を覗《のぞ》き込んだ。

「いや、ちっとも……美しいよ」

京治は照れ隠しに、そう言ったが、すでに香津子が見せるいろんな表情をまぶしいと感じていた。

その年の暮れ、京治は香津子にプロポーズをし、翌春、二人は結婚した。

京治は立ち上がった。

酔いは醒めていた。川風に当たった肌が少し冷たくなっていた。

背後で鼓《つづみ》を叩いたような音がした。振りむくと、また同じ音が続き、花火が闇の中で美しい色模様を見せていた。闇に溶けていく残り火が京治の瞼《まぶた》の中に沈んでいく。

この川原で花火大会を初めて見物したのは、いつのことだっただろうか、と思った。

たしかあの夜は、隣りに良一と光江の姉弟が居た。花火見物が終り、川西家に戻ると、良一の祖母が仏壇の前で経を唱えていた。皆して西瓜《すいか》を食べはじめた時、京治が、今しがた見た花火のことを思い出し、長岡の人は、あんなふうに豪華な花火を打ち上げて、派手好みなのかな、と言った。すると良一の祖母がぽつりと独り言のように洩《も》らした。

「あの花火は前の戦争の空襲で亡くなった大勢の人の魂がおだやかでありますように、と供養をしているんです」

その呟きに、京治は自分の失言を詫《わ》びた。

——英治の魂は、今、おだやかなのだろうか……。

京治は堤の道を歩きながら考えた。

対岸の彼方に山の稜線がかすかに浮かび上がっていた。その上空に星がかがやいている。すでに秋の星座がめぐっているのだろうが、京治には星の名称がわからなかった。何度も英治から教えて貰った星座の名前を自分がまるで記憶していないのが恥ずかしい気がした。

香津子と英治の三人して、よく夜の散歩に出かけた。英治は星が好きだった。息子が語る宇宙の話を聞きながら、京治と香津子は歩いた。英治に宇宙への興味を抱かせたのは、同じように難病を患いながら、新しい宇宙物理学を開拓した科学者だった。

「パパ、ママ、あの星雲を見てご覧よ」

「あの青味がかった星かい？」

「違うよ。その星の左側に光の塵《ちり》が集まったように光っているのだよ」

香津子が指さした方角に、その星はあった。

「ああ、あれか……」

「パパとママが今見ている、あの星の光は、二億年前に、あの星を出発したんだよ」

「えっ、二億年前に……」

「そう、光の旅人だね」

京治と香津子は顔を見合わせた。

その夜、英治が眠った後で、香津子がベランダで星を見上げて言った。

「二十年生きていけるかどうかもわからない英治が二億年前の光の話をしてくれるなんて不思議ね。せめて、あの光の何万分の一でいいから英治に命の時間をくれないかしら……」

香津子の目から涙が零《こぼ》れていた。

二人が結婚をして六年目に、香津子が妊娠していることがわかった。思わぬ吉報だった。結婚当初から子供が欲しかった二人は、いつまでも妊娠の兆候がないので、それぞれが病院に相談に出かけたこともあった。子宝に恵まれるという神社や温泉にも出かけた。半ばあきらめかけていた時の報《しら》せに、二人は手を取り合って喜んだ。男児が誕生した。目が大きく、やがて笑うようになると、笑顔が特別可愛く思えた。京治は、夜のつき合いをやめ、息子の顔を見るために真っ直ぐ帰宅した。自分を見つめる息子のあどけない表情がまぶしかった。玉のような、という表現が、その時、初めて京治は実感できた。

「野球をやってくれるかな?」

「そうね。あなたとキャッチボールをする日が来ればいいわね」

会社はすでに不況の波を諸《もろ》に被り、多額の不債を抱え、リストラがはじまっていたが、京治は孤軍奮闘して働いた。すべては英治の将来のためだった。息子の表情に未来を想像するようになった。

英治がよちよち歩きができるようになった時、京治は初めて息子の手に野球のボールを握らせた。

英治の病気が発覚したのは、その直後であった。二ヵ月近く前から、香津子は英治の異変に気付いていたが、それが病気のせいだとは思っていなかった。街のちいさな病院からすぐに大学病院に行くように言われ、担当医師から英治の病気が難病であることを告げられた。京治も病院に呼ばれ、若い担当医師の病理説明に目の前が暗くなった。

「これからは紫外線に肌を当てることは一切できないと考えて下さい」

冷静な口調で、その病気を患った小児の生存率や将来のことを言われただけに、京治のショックは並大抵なものではなかった。香津子の動揺は京治以上だった。劣性遺伝による極めて特異な病気と言われても納得いくはずがなかった。

病院のベッドで自分がどうして入院しているのかもわからず、不安を隠し切れないでいる英治が不憫《ふびん》に思えた。英治が退院し、家に戻ってきた日から、一家の生活はがらりと変わった。難病は息子から青空を奪った。生きている限り青空を見ることができなかった。昼間から部屋のカーテンを閉め、夜だけが親子の外出の時間になった。英治に病気を理解させることも大切な課題だった。京治は大病院を訪ね歩いて、息子の回復の望みを探し求めた。医師たちの話を聞けば聞くほど暗澹《あんたん》たる気持ちになった。

――なぜ英治に病魔が牙《きば》を剝《む》いたのだ……。

京治は己に至らぬ所があったのではと自分を責めた。それは香津子も同じだった。

二人を救ったのは、英治の頑張りだった。幼子の奮闘する姿に京治と香津子は沈んでいた気持ちを前向きに変えた。

学校へ進学することが叶わず、個人教授を頼んで勉強させた。英治はすべての学科に対して驚くほど理解力が高かった。読書が好きで、やがて宇宙物理学に興味を持ちはじめた。

時折、昼間、外界に触れられないことへの苛立《いらだ》ちが募り、不機嫌になる時もあったが、親の目から見ても英治はよく耐えていた。

「あの子は何もかもわかっているのよ。だから病気のことを口にしないし、私たちにさえ当たることがないんだと思うわ」

夜の散歩で息子の宇宙の話がはじまった。

九歳の誕生日を迎えた日、三人だけのささやかなバースデー・パーティーの席で、英治が訊いた。

「僕は何歳まで生きられるの？」

「ずっと生きられるわ。ママとずっと生きましょうね」

香津子の言葉を聞いて、京治は息子に何かをさせようと思った。それが何なのかわからなかった。

答えは、一ヵ月後、英治の口から出た。

「パパは僕と同じ歳の時は野球に夢中だったんだってね。パパ、僕に野球を教えて」

「ああ、いいよ」

京治は翌日、英治にユニホームと帽子、スパイク……、そしてグローブとボールを買って帰った。

それを見て香津子は逆上した。

「そんな惨いことはやめて。英治はグラウンドには出られないのよ」

「そんなことはないさ」

家の中でユニホームを着て喜んでいる息子の姿を見て、京治は胸が熱くなった。

――この子と一緒にキャッチボールをやろう。

京治は家の近所でキャッチボールができそうな場所を探したが、どこも暗過ぎて適当な広場がなかった。

京治は会社の同僚や学生時代の友人に連絡し、ナイター設備のあるグラウンドを探した。親子二人のキャッチボールのために一晩グラウンドを貸してくれる球場はなかなか見つからなかった。ようやく見つけたのが秩父《ちちぶ》にある倒産した土木会社のグラウンドで、一晩だけ照明を点《つ》けられるということだった。京治は、そのことを香津子に話した。香津子は反対した。それでも京治は英治を連れて、秩父へ行くつもりでいた。

不機嫌な香津子とユニホームを着た英治をワゴン車に乗せて、陽が落ちた東京を出た。秩父に着いたときには、夜の九時を過ぎていた。グラウンドはすぐにわかった。そこにだけ照明灯が光っていた。グラウンドに車を横付けすると、荒廃したグラウンドの外野に錆《さ》びついたブルドーザーが置きっ放しだった。照明灯も灯りが点《とも》っているのはライト後方だけだった。それでも車から降りた英治は大きな声を上げてグラウンドにむかって走り出した。

「英治君、走っちゃだめ。転ぶわよ」

金切り声を上げて、香津子が後を追った。

京治は素早くユニホームに着換えて、グラウンドに入った。夫のユニホーム姿を見て、香津子が目を見開いていた。英治がまぶしそうな目で京治を見上げた。

「英治、まずはグラウンドを一周歩こうか」

無理をさせないでね、背後で香津子の声がした。京治は息子の手を引いて、ホームベースに立ってから、ゆっくりと左翼の方にむかって歩き出した。草の匂いを含んだ風が二人に吹いていた。

「パパ、これって何の匂い？」

「野球場の匂いだよ」

「ふうん」

英治は仔犬のように鼻を突き出し、京治に笑い返した。二人は外野の朽ちたフェンス沿いを右翼のカクテル光線にむかって歩いた。

「野球場って大きいんだね」

「もっと大きな野球場だってあるぞ。次はそこで一緒に野球をしよう」

「うん」

京治の顔を見上げた英治が足元の杭に引っかかって前のめりに倒れた。あっ、と京治は声を出し、抱き起こそうとした。その前に英治が立ち上がった。両手が泥だらけだった。

「大丈夫か」

「うん、平気だよ」

英治は両手を胸の前でひろげ、泥に汚れた手をどうしたものかという顔をしていた。京治はしゃがみ込んで、足元の泥を抉《えぐ》り取って、自分のユニホームを叩くようにして泥を拭《ふ》いて笑った。それを見て英治が同じ仕草をした。

二人はカクテル光線の下でキャッチボールをはじめた。驚いたことに顔にむかって飛んできたボールを英治は怖がりもせずにグローブで受け止めた。無理をしているのがわかった。家の中でキャッチボールを教えた時のことを覚えていて、実行しようとしているのだろう。でもそれは少年がキャッチボールを体得するために覚えなくてはいけないことだった。

「英治、上手いな」

「うん。怖くなんかないよ、僕。昼間一人で練習をしてたんだ」

「……そうか」

息子が精一杯投げてくるボールは九歳の少年にしては力がなさすぎた。京治は目頭が熱くなった。

——これでいいんだ。これがキャッチボールなんだ……。

京治は胸の中でつぶやき、ボールを息子にむかって投げ返した。加減をし過ぎたボールは手元が狂ってワンバウンドし、英治の後方に逸《そ》れた。背後の朽ちた金網からボールが飛び出し闇の中に消えた。

「あっ、いいよ。パパが取りに行くから」

先に英治が走り出していた。

京治もすぐに追い駆けた。金網の外は盛り上がった畔道のむこうに麦畑がひろがっていた。ボールはそこに入ったようだった。

「危ないから、そこにいなさい」

京治が一人で麦畑に入っていくと、英治がついてきた。

「あった」

英治の声がして、振りむくとボールを手に息子が笑っていた。京治も笑ってうなずいた。

英治が鼻を鳴らすようにして、野球場の匂いだね、と言った。

見回すと、月明りに実った麦の穂が風に揺れていた。

京治は麦の穂を右手で握りしめ、手の中に残った麦のひとつを口の中に入れて嚙んだ。

英治は、小首をかしげて京治を見上げ、ボールを握ったちいさな指を京治の手の上に持ってきた。京治はボールを取って、その手に麦をひとつ載せた。英治は、それを指先でつまんで口の中に放り込んで、前歯で嚙むようにした。

「苦いね」

「そうだな、少し苦いな」

「少し苦いな」

息子は父親の言葉を真似て言った。

その夜から、二ヵ月後に英治は病院のベッドで静かに息を引き取った。

英治が死んでからしばらくして、入院前の早朝、ユニホームを着て歩いていた少年を何度か見かけたという噂が立った。それが英治なのかどうかはわからなかった。ただ一度だけ、香津子に英治が青空の下の野球場を見に行きたい、と言い出したことは、妻から聞いて京治も知っていた。

香津子は京治が野球をさせたことが、英治を死に追いやった、と信じ込んだ。もし青空の下にユニホームで出て行ったのなら、息子を死なせたのは、たしかに自分なのだろう、と京治は思う。

ただ野球を教えてやれたことは間違いではない気がする。それがエゴと言うのなら、エゴと呼ばれても仕方ない。

——俺は何かを伝えてやりたかった。あの子は何かを知りたがっていた……。

京治はぽつぽつと歩き続け、視界の中に川西家の裏門が見えたのをたしかめると、そこで急に立ち止まった。

誰かの声がしたような気がした。

振りむくと、ただ麦の穂がざわざわと音を立てているだけだった。

初出一覧

ぼくのボールが君に届けば　「小説現代」二〇〇四年三月号
えくぼ　同　二〇〇四年一月号
どんまい　同　二〇〇二年一一月号
風鈴　同　二〇〇一年八月号
※初出時タイトル「凪の音」を改題
やわらかなボール　同　二〇〇三年三月号
雨が好き　同　二〇〇二年七月号
ミ・ソ・ラ　同　二〇〇三年一月号
キャッチボールをしようか　同　二〇〇一年四月号
※初出時タイトル「聖橋」を改題
麦を噛む　同　二〇〇二年九月号

伊集院 静

1950年山口県生まれ。1981年小説『皐月』でデビュー。『乳房』で吉川英治文学新人賞を、1992年には『受け月』で直木賞を受賞する。また、『機関車先生』で柴田錬三郎賞、『ごろごろ』で吉川英治文学賞を受賞。その他の著書に、『眠る鯉』や『冬のはなびら』、堂本剛との共著『ずーっといっしょ。』、『ねむりねこ』などがある。

ぼくのボールが 君《きみ》に届《とど》けば

二〇〇四年 三 月三〇日 第一刷発行
二〇〇四年 五 月二一日 第三刷発行

著者 伊集院静《いじゅういんしずか》

発行者 野間佐和子

発行所 株式会社講談社
東京都文京区音羽二―一二―二一
郵便番号一一二―八〇〇一
電話 出版部 〇三―五三九五―三五〇四
販売部 〇三―五三九五―三六二二
業務部 〇三―五三九五―三六一五

印刷所 大日本印刷株式会社

製本所 黒柳製本株式会社

定価はカバーに表示してあります。

ISBN4-06-211891-2